O CONVIDADO DE DRÁCULA

E OUTROS CONTOS DE TERROR E MISTÉRIO

Bram Stoker, Gilbert Campbell,
Sheridan Le Fanu, M.R. James e W.F. Harvey

O CONVIDADO DE DRÁCULA

E OUTROS CONTOS DE TERROR E MISTÉRIO

Tradução de Antonio Carlos Olivieri

NOVA ALEXANDRIA

São Paulo - 2013 - 1ª edição

Editora Nova Alexandria Ltda.
Av. D. Pedro I, 840
01552-000 — São Paulo — SP
Fone/fax: (11) 2215-6252
E-mail: novaalexandria@novaalexandria.com.br
www.novaalexandria.com.br

Coordenação editorial: Juliana Messias
Revisão: Ricardo Franzin
Capa: Viviane Santos
Editoração eletrônica: SGuerra Design

DADOS INTERNACIONAIS DE CATALOGAÇÃO NA PUBLICAÇÃO
(CIP) ANGÉLICA ILACQUA CRB-8/7057

O convidado de Drácula e outros contos de terror e mistério /
Bram Stoker...[et al]; traduzido por Antonio Carlos Olivieri. --
São Paulo : Editora Nova Alexandria, 2013.
152 p.

ISBN: 978-85-7492-374-1

1. Literatura clássica 2. Contos de terror e mistério I. Stoker,
Bram II. Campbell, Gilbert III. Le Fanu, Sheridan IV. James,
M.R. V. Harvey, W.F. VI. Olivieri, Antonio Carlos

13-0314 CDD 808.83

Índices para catálogo sistemático:

1. Contos de terror

VAMPIROS, LOBISOMENS E OUTRAS CRIATURAS MALIGNAS

Estão reunidas aqui cinco obras-primas do conto de terror e mistério, das quais quatro são inéditas em língua portuguesa. "O convidado de Drácula", embora já traduzido para o nosso idioma, foi publicado como um apêndice de "Drácula", o principal romance de Bram Stoker. No entanto, esse conto se revela completamente autônomo em relação ao romance, autonomia que se sustenta até por sua trajetória histórica.

Originalmente, "O convidado de Drácula" foi apresentado por Bram Stoker a seu editor como uma espécie de prólogo do célebre romance. Por sinal, àquela altura, o autor pretendia intitular o livro com o nome de "The undead", expressão que literalmente poderia ser traduzida por "desmorto", embora nossos tradutores tenham tradicionalmente optado por usar "morto-vivo", termo que acabou consagrado. Enfim, o editor, considerando esse prólogo autônomo e apenas indiretamente relacionado ao romance, optou por cortá-lo, pois o original já era bastante extenso.

Desse modo, "O convidado de Drácula" voltou para a gaveta de Bram Stoker e lá permaneceu até depois de sua morte, vindo a público somente em 1914, juntamente com outros contos, reunidos pela viúva do escritor, Florence Balcombe. Mas, além desses dois fatos, a autonomia do conto que aqui se publica ficará evidente por sua própria leitura, que prescinde do conhecimento de "Drácula" para ser compreendido e apreciado, embora seja certamente mais estimado por quem já conhece o romance.

De qualquer maneira, "O convidado de Drácula" dá uma inequívoca demonstração do talento de Stoker: o texto nos envolve num crescendo de empolgação e suspense com o protagonista, em sua jornada solitária numa floresta deserta, em meio a uma tempestade da qual vai se refugiar em um portentoso mausoléu de um cemitério abandonado. Não é necessário acrescentar mais nada. Os poucos elementos aqui apresentados são decerto por si só um convite à leitura.

Vale a pena mencionar, entretanto, que os lobos estão presentes tanto no conto de Stoker quanto no que vem a seguir, "A loba branca de Kostopchin", uma das melhores histórias de lobisomem já escritas em língua inglesa, a qual, por isso mesmo, figura em toda e qualquer antologia britânica ou norte-americana sobre o tema. Trata-se do texto de um autor menor, um escritor de *pulp fiction* da era vitoriana, mas nem por isso se poderá negar tratar-se de uma obra-prima, confeccionada sob medida para os fãs do gênero.

Depois dessa incursão no universo da licantropia, esta coletânea volta aos vampiros, com a tradução de outro conto antológico, cuja autoria é de um mestre no assunto: Joseph Sheridan Le Fanu, autor de "Carmilla, ou o vampiro de Karnstein", (conto que compõe *O livro da Morta-viva*) pequena novela publicada 25 anos antes de "Drácula", ao qual serviu de inspiração. Mesmo sendo menos conhecido do que Stoker, Le Fanu se revela um escritor tão proficiente quanto ele na criação de climas tenebrosos, por entre os quais o leitor transita sem poder precisar os limites entre a realidade e a fantasia.

Em "Estranhos fatos da vida do pintor Schalken", por sinal, Le Fanu transita exatamente nesses mesmos limites, uma vez que o personagem-título, o pintor flamengo Godfrey Schalken, é um personagem da vida real. Não vem ao caso discutir a realidade de um outro personagem, o senhor Wilken Vanderhausen. Só não se pode deixar de mencionar que, ao descrevê-lo, Le Fanu fez, com certeza, uma das mais minuciosas e aterrorizantes descrições da figura do vampiro de toda a história da literatura. Além da descrição magistral, porém, o conto tem muitos outros atrativos, entre os quais um enredo poderoso, cujo final é duplamente surpreendente.

O quarto conto desta antologia traz à luz uma criatura diferente, embora tão maligna quanto as já anteriormente mencionadas. Seu autor, M.R. James, foi um medievalista da Universidade de Cambridge que, nas horas vagas, dedicou-se a escrever histórias de fantasmas e assombrações que o tornaram uma espécie de autor *cult* entre os aficionados por esse gênero de literatura. Os contos de James estão para as narrativas fantasmagóricas como o romance "O senhor dos anéis" está para as narrativas fantásticas de aventura. Vale lembrar que J.R.R. Tolkien, assim como M.R. James, também foi professor universitário, em Oxford.

Não se está dizendo aqui que o conto "O alfarrábio do

cônego Alberico", por si só, equivalha ao caudaloso romance de Tolkien. A comparação que se faz é sobre o conjunto da obra, da qual o texto aqui apresentado é bastante representativo. James foi um mestre na criação de climas assustadores, com densidade psicológica, deixando a cargo do leitor decidir se o que é narrado aconteceu realmente ou não passou de uma alucinação – incrivelmente realista, contudo – do personagem principal.

De resto, para encerrar esta coletânea com um *gran finale*, selecionou-se a obra que imortalizou W.F. Harvey, escritor que talvez se perdesse no tempo, não tivesse escrito "O monstro de cinco dedos". Aqui também se está diante de uma obra-prima do gênero, não só pelo misterioso e diabólico monstro que atormenta o protagonista, mas também pelo ritmo com que a narrativa é conduzida, pela força das duas personagens principais e do sugestivo relacionamento que mantêm entre si, pela erupção de inesperados momentos de humor negro...

Para situar o leitor quanto ao que vem pela frente, isso é o bastante. Agora, é melhor deixá-lo à vontade para morrer de prazer e de medo, assim que virar esta página...

O CONVIDADO DE DRÁCULA

BRAM STOKER

Quando começamos nosso passeio, o sol brilhava resplandecente em Munique e o ar estava repleto dessa alegria do começo do verão. Na hora da partida, Herr Delbruck (o gerente do hotel Quatro Estações, no qual me hospedei) veio reverentemente até a carruagem e, depois de me desejar uma boa jornada, disse ao cocheiro, ainda com a mão na maçaneta da porta do veículo:

– Não deixe de voltar antes do anoitecer. O céu está limpo, mas esse vento norte indica que pode haver uma tempestade súbita. Estou certo de que você não vai se atrasar – acrescentou, sorrindo –, pois sabe que noite é esta.

– *Ja, mein herr* – Johann respondeu, enfático, e, segurando o chapéu, chicoteou os cavalos.

Ao deixarmos a cidade, acenei-lhe que parasse, perguntando:

– Que noite é hoje, Johann?

Ele se benzeu e disse, lacônico:

– *Walpurgis nacht.*

Então, sacou um relógio de bolso, um objeto antiquado e germânico, grande como um pires, e olhou para ele, franzindo as sobrancelhas e dando de ombros. Percebi que essa era a sua maneira de protestar respeitosamente contra o atraso desnecessário e afundei em meu lugar, acenando-lhe para prosseguir. Açodou os cavalos, tentando recuperar o tempo perdido. A toda hora, os animais empinavam a cabeça, parecendo farejar algo no ar. Eu, então, olhava ao redor, alarmado, mas a estrada estava vazia, ainda mais que nos encontrávamos em um platô varrido pelo vento. Enquanto avançávamos, vi uma trilha que parecia pouco usada e mergulhava em um vale pequeno e sinuoso. Parecia tão convidativa que, sob o risco de aborrecer Johann mais uma vez, pedi-lhe para parar. Assim que freou, disse-lhe que gostaria de ir por ali. O cocheiro desconversou de todos os jeitos, benzendo-se frequentemente enquanto falava. Isso aguçou minha curiosidade e eu lhe fiz várias perguntas. Ele respondeu a contragosto, sempre de olho no relógio.

– Está bem, Johann – eu disse, afinal. – Quero ir por essa trilha. Não lhe peço que venha comigo, a menos que você queira, mas me diga por que não quer vir. Isso é tudo o que quero saber.

Em resposta, ele saltou da boleia para o solo e, juntando as mãos como quem suplica, implorou que eu mudasse de ideia. Havia em seu discurso uma quantidade suficiente de inglês, misturado ao alemão, que me permitiu entender o teor de sua convicção. Ele parecia querer me dizer algo de importante – algo que parecia apavorá-lo –, mas a todo momento se interrompia, exclamando somente:

– *Walpurgis nacht*!

Tentei argumentar com ele, mas é difícil argumentar com alguém quando não se fala a sua língua. A vantagem era certamente de Johann, que se expressava em um inglês rústico e estropiado, embora se perdesse em sua exaltação e passasse para seu idioma natal, olhando para o relógio toda vez que o fazia. Então, os cavalos ficaram indóceis, farejando o ar mais uma vez. O cocheiro ficou pálido e olhou ao redor, apavorado, tomando as rédeas na mão e puxando-os para a frente por cerca de dois metros. Acompanhei-o e perguntei por que fizera isso. Em resposta, benzeu-se, apontou o lugar que havíamos deixado e direcionou a carruagem para a outra estrada, indicando a encruzilhada e dizendo, primeiro em alemão e depois em inglês:

– Enterrado aí, ele, aquele que se matou...

Lembrei do velho costume de enterrar suicidas nas encruzilhadas:

– Ah, sim, um suicida. Interessante – obtemperei, mas confesso que não entendi o motivo de os cavalos terem se apavorado.

Enquanto conversávamos, ouvimos um som que tanto podia ser o ganido quanto o latido de um cão. O som viera de longe, mas os cavalos ficaram ainda mais nervosos, de modo que Johann custou a acalmá-los. O cocheiro estava pálido e me disse:

– Parece um lobo, mas não devia haver lobos por aqui...

– Não? – eu disse, incerto. – Os lobos não chegam tão perto das cidades?

– Longe, longe – ele respondeu –, na primavera e no verão. Só quando neva os lobos chegam até aqui.

Enquanto continuava a tentar acalmar os cavalos, nuvens negras repentinamente se espalharam pelo céu. O sol ficou encoberto e o sopro de um vento gelado passou pelo meio de nós. Foi apenas algo momentâneo, entretanto, mais uma ameaça do que uma mudança de tempo, pois novamente o sol voltou a brilhar. Com a mão sob a testa, Johann olhou para o horizonte:

– Uma tempestade de neve não demora a chegar.

Olhou novamente o relógio e, segurando as rédeas com firmeza, pois os cavalos pisoteavam o chão e balançavam as cabeças, subiu na boleia da carruagem para continuar a excursão. Eu, porém, estava decidido e não seguir seu exemplo.

– Para onde essa trilha leva? – perguntei apontando o lugar que me atraíra.

Novamente, o cocheiro se benzeu e, antes de responder, resmungou uma prece:

– É maldita – disse afinal.

– O que é maldita? – perguntei, atônito.

– A vila.

– Então há uma vila?

– Não, não. Ninguém mora lá há trezentos anos.

– Mas você disse que há uma vila – insisti, curioso.

– Havia.

– O que aconteceu com ela?

Ele, então, se estendeu em uma longa explicação em alemão e em inglês, de um jeito misturado e confuso, de modo que não entendi com precisão. Pelo que pude compreender, muito tempo atrás, centenas de anos, homens morreram ali e foram enterrados, mas ouviram-se ruídos vindos das sepulturas. Os túmulos foram abertos e os defuntos, encontrados com os corpos conservados e as bocas lambuzadas de sangue. Então, para se salvarem ou salvarem suas almas (e aqui Johann se benzeu novamente), os sobreviventes fugiram para outros lugares, onde os vivos viviam e os mortos estavam mortos e não... não alguma coisa. O cocheiro estava evidentemente com medo de pronunciar essas últimas palavras. Parecia que sua imaginação havia tomado conta dele, conduzindo-o a um paroxismo de medo. Tinha o rosto pálido, o corpo tremia e ele transpirava, olhando ao redor, temeroso de que alguma entidade maligna se manifestasse ali mesmo em campo aberto, em plena luz do sol.

Afinal, numa agonia desesperada, insistindo para que eu subisse na carruagem, ele tornou a dizer:

– *Walpurgis nacht*!

Meu sangue inglês ferveu nesse momento. Sem arredar o pé de onde estava, afirmei:

– Você está com medo, Johann. Você está com medo. Vá para casa, então, que eu volto sozinho. A caminhada vai me fazer bem.

A porta da carruagem estava aberta e eu peguei meu bastão de caminhada – que sempre levo comigo em minhas viagens – antes de fechá-la, apontando na direção de Munique e insistindo:

– Os ingleses não dão bola para a *Walpurgis nacht*. Vá para casa, Johann.

Os cavalos estavam agora mais indóceis do que nunca e o cocheiro tentava contê-los, implorando ao mesmo tempo que eu não fizesse uma bobagem dessas. Senti pena dele, tamanha era a sua aflição, mas não consegui conter o riso. Johann mal conseguia falar em inglês agora. Em sua exasperação, tinha esquecido de que a única forma de se fazer entender era falar na minha língua, e tartamudeava em seu idioma nativo. Aquilo já estava me cansando.

– Para casa! – disse-lhe, e me voltei para a trilha que entrava no vale.

Com um gesto resignado, Johann voltou os cavalos em direção a Munique. Apoiei-me em meu bastão e o acompanhei com os olhos, enquanto se afastava. Seguiu pela estrada por um momento, até se deparar com um homem alto e magro que descia de uma colina. Eu podia vê-los bem ao longe. À medida que a carruagem se aproximou do recém-chegado, os cavalos começaram a empinar, a escoicear o chão e depois a relinchar, assustados. O cocheiro já não conseguiu contê-los e eles dispararam pela estrada como loucos. Vi-os desaparecer ao longe e então procurei o estranho, mas ele também tinha evaporado.

Com o coração tranquilo, avancei para a trilha do vale que o alemão se recusara a seguir. Não havia, pelo que pude ver, a menor razão para essa recusa, e ouso dizer que perambulei por ali durante duas horas, sem noção de tempo ou distância, sem ver nenhuma casa nem ninguém. O local era o próprio isolamento, embora eu só tenha atentado a isso ao virar uma curva da estrada e chegar à beira de um bosque. Só então percebi que também estava inconscientemente impressionado pela desolação do território que atravessava.

Sentei-me para descansar, dando uma boa olhada nas redondezas. Notei que agora fazia muito mais frio do que no começo da caminhada. De vez em quando, escutava um som semelhante a um suspiro atrás de mim, bem como, no alto, uma espécie de rugido abafado. Olhando para cima, percebi que densas nuvens se formavam, de norte para sul, a grande altitude. Uma tempestade provavelmente se aproximava. Com frio e acreditando que isso se devia ao fato de ter interrompido o esforço da marcha, retomei meu caminho.

Os lugares por onde andava agora me pareciam muito pitorescos. Não havia nada em especial a chamar a minha atenção, mas o conjunto da paisagem era verdadeiramente encantador. Perdi a noção das horas. Comecei a me preocupar em encontrar meu caminho de volta somente quando a luz avermelhada do crepúsculo dominou o céu. O ar estava ainda mais frio e as nuvens, mais fechadas. Faziam-se acompanhar de um longínquo rumor por meio do qual parecia ecoar, intermitentemente, aquele misterioso ganido que o cocheiro dissera parecer o de um lobo. Vacilei por alguns instantes. Eu disse que queria ver a vila e caminhei até me encontrar nessa vasta extensão de campo aberto, cercada por colinas cujas encostas eram cobertas por árvores que se espalhavam à beira da planície, mas se adensavam nos topos, preenchendo os vazios entre os morros. Segui com o olhar o prolongamento da trilha e constatei que ela se enfiava num bosque, em cujo interior desaparecia.

Nesse momento, o vento rufou com força e a neve começou a cair. Lembrei de quanto havia caminhado para chegar até ali e corri rumo ao bosque, à procura de abrigo sob suas árvores. O céu se tornava cada vez mais escuro e a neve caía cada vez mais intensa, até que o solo diante e ao redor de mim se viu coberto por um branco tapete cuja extremidade mais distante se perdia em uma névoa difusa. O caminho parecia mais rústico e seus limites já não eram tão demarcados quanto antes, de modo que só percebi ter me desviado da trilha quando já não pisava em terra batida e meus pés afundavam no musgo e no mato.

O vento, então, soprou com força ainda maior, empurrando-me para a frente. O ar congelou e, apesar do esforço físico, comecei a tremer de frio. A neve caía tão insistentemente, rodopiando ao redor de mim, que eu mal conseguia manter os olhos abertos. A toda hora, o céu era crispado por intensos relâmpagos, em cujo clarão eu distinguia a grande massa de árvores à minha frente, principalmente teixos e ciprestes, já cobertos por uma densa camada de neve.

Ao me encontrar ao abrigo das árvores, em relativo silêncio, pude escutar o uivo dos ventos que zuniam acima de mim. Logo, a escuridão da borrasca se misturou às trevas da noite. Aos poucos, contudo, a tempestade pareceu afastar-se, embora voltasse intermitentemente, de chofre, em violentas explosões. Nesses momentos, o estranho uivo do lobo parecia ecoar em meio aos muitos rumores ao meu redor.

De vez em quando, em meio à densa massa de nuvens negras, um raio disperso de luar iluminava o caminho, mostrando que me encontrava à margem do emaranhado de teixos e ciprestes. Quando a neve cessou, deixei meu abrigo nas árvores e avancei para a clareira, examinando-a cautelosamente. Notei que, em meio às fundações que apareciam no solo, poderia haver uma casa em pé, ainda que em ruínas, na qual eu pudesse passar a noite, se necessário. Enquanto contornava o bosque, deparei-me com um grande muro ao longo do qual tateei, até encontrar uma entrada. Aqui, os ciprestes formavam uma alameda que conduziam para um conjunto de edificações de algum tipo. Mal as vi, no entanto, e as nuvens novamente dominaram os céus, escondendo a lua, de modo que segui o caminho às cegas. O vento estava ainda mais frio e eu tremia enquanto caminhava, mas, na expectativa de um abrigo, continuei em frente, mesmo sem enxergar.

De repente, uma grande quietude dominou o ar. A tempestade desapareceu e, quem sabe em consonância com o silêncio da natureza, meu coração pareceu parar de bater. Em seguida, o luar perfurou as nuvens revelando que eu me encontrava em um cemitério e que a coisa quadrada que se erguia diante de mim era um grande mausoléu de mármore, branco como a neve que cobria o chão. Ao luar, porém, sucedeu um feroz suspiro da tempestade que retomou seu curso, com um longo e agudo alarido, como o uivo de muitos cães ou lobos. Tenso, assustado, sentia o frio aumentar, como se agora um fantasma de gelo me agarrasse pelo peito. Então, enquanto um raio de luz do luar ainda banhava o túmulo de mármore, a tormenta deu mais um sinal de que se encorpava e enfurecia.

Impelido por um estranho fascínio, aproximei-me do sepulcro querendo ver o que ele era e por que se erguia ali em meio a tanta desolação. Contornei-o e li, sobre sua porta dórica, o epitáfio em alemão:

Condessa Dolingen de Gratz,
na Estíria,
Procurou e encontrou a morte
em 1801

No topo da tumba, aparentemente cravado no mármore – pois a estrutura era composta de grandes blocos de pedra –, havia um aguilhão ou estaca de ferro. Ao chegar à parte posterior do mausoléu, vi, gravada, em grandes letras cirílicas, a inscrição:

Os mortos viajam rápido.

Havia algo de tão estranho e sinistro em tudo isso que senti um calafrio e quase desmaiei. Comecei a acreditar que devia ter seguido o conselho do cocheiro. Então, um pensamento aflorou em minha mente, emergindo de modo misterioso e provocando-me um terrível choque. Era a noite de Walpurgis!

Na noite de Walpurgis, segundo a crença de muitos, o diabo está à solta, os mortos deixam suas tumbas e todos os espíritos malignos da terra, do ar e da água se reúnem em um festim demoníaco. E eis onde eu me encontrava, no lugar que o cocheiro quisera evitar a qualquer preço, no cemitério da vila abandonada de séculos atrás, o local onde jaziam os mortos-vivos. Ali estava eu, só, envolto em uma mortalha de neve, com outra selvagem tempestade se preparando para desabar sobre mim. Recorri a toda minha capacidade de compreensão, a toda a religião que me ensinaram, a toda a minha coragem para não cair em um paroxismo de terror.

Depois me vi envolvido por um tornado. O chão tremeu como ao trote de milhares de cavalos e, dessa vez, em vez da neve, choveu granizo, com tamanha violência que as folhas e os galhos das árvores foram devastados, de modo que os ciprestes já não me abrigavam. Corri de uma árvore para outra, mas logo nenhuma me servia, forçando-me a buscar refúgio no único lugar que restara, os sombrios umbrais do mausoléu de mármore. Ali, comprimindo-me contra a sólida porta de bronze, consegui me proteger das pedras de gelo, que agora só me atingiam depois de ricochetear no chão.

Como eu me debruçasse na porta, gradativamente ela se abriu, franqueando a entrada para seu interior. Mesmo o abrigo de um túmulo era bem-vindo diante de uma tormenta como aquela e eu estava prestes a entrar, quando o clarão de um relâmpago iluminou toda a extensão do céu. Nesse instante, olhando para dentro do túmulo, avistei uma bela mulher de rosto arredondado e lábios vermelhos, que parecia dormir sobre um esquife. Um novo trovão sacudiu a terra e eu fui sugado para a tempestade lá fora, como se a mão de um gigante tivesse me agarrado. Tudo aconteceu tão repentinamente que, antes que eu pudesse me dar conta, já estava no exterior, sendo bombardeado pelo granizo.

Ao mesmo tempo, senti a estranha sensação de que não estava sozinho. Olhei para o mausoléu e, nesse mesmo momento, um outro relâmpago pareceu atingir a estaca de ferro de seu topo, abrindo caminho em direção ao solo e fazendo o mármore desmoronar, em meio a labaredas de fogo. Por entre as chamas, a morta se ergueu num espasmo de agonia e lançou um amargo grito de dor, abafado pelo estrondo de um novo trovão. Foi a última coisa que ouvi, esse som aterrorizado, pois novamente o gigante invisível me arrastou para longe, metralhado pelo granizo, ao ar livre, onde reverberavam os uivos dos lobos. A última imagem de que me lembro foi a de uma imensa massa branca, como se uma multidão de fantasmas tivesse deixado o túmulo e avançasse em minha direção, através da névoa opaca da tempestade.

Gradativamente recobrei a consciência e senti um terrível cansaço. Demorei um pouco para me lembrar do que tinha acontecido. Meus pés estavam inchados e doíam muito, de modo que mal conseguia movê-los. Minha nuca e a espinha cervical pareciam congelados; meus ouvidos, como os pés, não funcionavam, mas eu podia sentir em meu peito algum calor que me reconfortava. Aquilo era um pesadelo, um pesadelo físico, se é que se pode dizer assim, tamanho era meu mal-estar.

Esse período de letargia pareceu se estender por muito tempo. Pode ser que eu tenha dormido ou desmaiado. Então, experimentei uma espécie de enjoo, como quando se está em um navio, e um imenso desejo de me ver livre de algo que não sabia o que era. Um profundo silêncio me absorveu, como se o mundo ao meu redor desmaiasse ou tivesse morrido, embora no instante seguinte eu pudesse escutar a respiração arfante de um animal que se aproximava. Senti junto à garganta um hálito quente e então tomei consciência da aterrorizante situação em que me via. Um imenso animal debruçava sobre mim e me lambia o pescoço. Tive medo de respirar e uma prudência instintiva me fez permanecer imóvel, mas o monstro pareceu perceber que alguma coisa se modificara em mim e balançou a cabeça. Através de minhas pálpebras, vi os olhos flamejantes de um lobo enorme acima de mim. Seus agudos caninos brancos destacavam-se da boca rubra, que exalava um bafo morno e azedo.

Por um novo lapso de tempo, perdi a consciência. Depois, me dei conta de um rumor grave, seguido de gritos que se repetiam em surdina. Aparentemente muito longe, escutei alguém dizer olá, olá, várias vozes falando ao mesmo tempo. Com cuidado, levantei a cabeça e olhei na direção de onde o som vinha, mas os túmulos obstruíam minha visão. O lobo continuava a uivar de modo estranho, e um clarão pareceu avançar entre os ciprestes, como se acompanhassem o uivo. Vozes se aproximavam e o lobo uivava incessantemente, cada vez mais alto. Eu não tinha coragem de me mexer ou fazer qualquer som. O clarão chegava mais perto, vencendo as trevas e clareando a mortalha de neve a meu redor.

De repente, do meio das árvores, irrompeu uma tropa de cavaleiros carregando tochas. O lobo saltou de meu peito, procurando refúgio no cemitério. Vi que um dos cavaleiros (soldados, a julgar pelas capas e pelos quepes) levantou sua carabina e apontou. Outro soldado, porém, afastou sua arma com um empurrão. Escutei uma bala passar zunindo sobre minha cabeça. Ele devia ter tomado meu vulto pelo do lobo, mas alguém avistou a fera fugindo por outro lado. Um novo disparo se seguiu. Então, um galope ecoou e a tropa avançou, alguns soldados em minha direção, outros atrás do lobo que desaparecera por entre os ciprestes.

Quando se aproximaram de mim, tentei me mexer, mas não tinha forças, embora pudesse ver e escutar o que se passava ao meu redor. Dois ou três soldados saltaram de seus cavalos e ajoelharam ao meu lado. Um deles levantou minha cabeça e pôs a mão sobre meu peito.

– Boas novas, camaradas – ele disse. – Está vivo.

Então, derramaram um pouco de conhaque na minha garganta, o que me libertou do torpor, tornando-me capaz de abrir os olhos. Luzes e sombras se mexiam entre as árvores e ouvi homens falando uns aos outros. Aqueles que procuravam o lobo voltaram, afinal, se reunindo a nós, excitados, como se estivessem possessos. Os que estavam comigo, ansiosos, lhes perguntaram:

– E então, encontraram-no?

– Não, nada. Mas é melhor ir embora daqui. Esse não é um lugar para se permanecer, principalmente nesta noite.

– O que era aquilo? – era a pergunta que todos se faziam. Várias respostas, vagas e evasivas, foram dadas, como se todos quisessem falar, mas ao mesmo tempo sentissem medo de dizer o que pensavam.

– Uma coisa, uma coisa, de fato... – tartamudeava um, que ainda não se recuperara do susto.

– Um lobo, mas não propriamente um lobo – falou outro, visivelmente perturbado.

– Não adianta ir atrás dele sem balas de prata – disse um terceiro, aparentemente mais calmo.

– Ainda bem que viemos aqui – exclamou ainda um quarto. – Com certeza ganharemos uma condecoração.

– Há sangue no mármore – disse outro, após alguns momentos em silêncio. – Não pode ter sido um raio o responsável por isso. E quanto a ele? Está mesmo fora de perigo? Parece que sim, o lobo se deitou sobre ele e o manteve aquecido.

O oficial se debruçou sobre mim e declarou:

– Ele está bem e não tem ferimentos. Sabem do que mais? Nós não o teríamos encontrado se não ouvíssemos os uivos do lobo.

– E para onde foi o lobo? – perguntou o homem que segurava minha cabeça, em cujas mangas havia as insígnias de sargento; ele parecia ser o menos assustado de todos, pois suas mãos não tremiam.

– O bicho se escondeu por aí – respondeu outro, pálido, olhando amedrontado para todos os lados. – Há muitos túmulos nos quais ele pode se esconder... Vamos embora, camaradas. Vamos rápido. Vamos sair deste lugar amaldiçoado.

O oficial me ajudou a ficar sentado e, a uma ordem sua, vários homens me levantaram e me colocaram em um cavalo.

Ele se sentou na garupa e me segurou em seus braços, comandando a retirada. De costas para o cemitério, seguimos em formação militar.

Eu ainda não conseguia falar e devo ter caído no sono, pois na minha próxima lembrança já me encontrava de pé, com um soldado de cada lado. O dia já estava clareando e o sol lançava raios vermelhos sobre a neve, formando uma espécie de trilha de sangue. O oficial ordenava a seus homens que não dissessem uma palavra sobre o que tinham visto, exceto que haviam encontrado o estrangeiro, guardado por um cão enorme.

– Cão? – interrompeu-o um soldado. – Não era um cão. Acho que sei reconhecer um lobo quando vejo...

– Eu disse um cão – prosseguiu o oficial, em tom de quem não admitia contestação.

– Cão – repetiu o outro, a contragosto.

Era evidente que sua coragem crescia como a luz do sol. Apontando para mim, acrescentou:

– Olhem o pescoço dele. Isso é trabalho de um cão?

Instintivamente levei a mão ao pescoço e, mal o toquei, dei um grito de dor. Os homens se agruparam a meu redor, alguns descendo de suas montarias para me olhar mais de perto. Mais uma vez escutei a voz do jovem oficial, que dizia:

– Um cão e ponto final. Se alguém disser outra coisa, vamos rir na cara dele.

Então, montamos novamente e seguimos até os arredores de Munique, onde havia uma carruagem, em que me colocaram. Levaram-me para o Hotel Quatro Estações – o jovem oficial me acompanhou na carruagem e um soldado nos escoltou, tendo todos os outros voltado para o quartel. Quando chegamos, Herr Delbruck desceu tão rapidamente as escadas para vir ao meu encontro que ficou evidente estar à janela, à nossa espera. Segurando-me pelas duas mãos, ele me conduziu para dentro do hotel. O oficial me saudou e voltou-se para ir embora, mas eu insisti que viesse aos meus aposentos, onde abri uma garrafa de vinho e fiz um brinde a ele e a seus homens, por terem me salvado. O militar retribuiu, mas lembrou que fora Herr Delbruck quem dera os primeiros passos em meu socorro, ao procurar os soldados. O gerente do hotel sorriu de modo ambíguo.

– Herr Delbruck – perguntei –, como e por que o senhor mandou os soldados me procurarem?

Ele deu de ombros, como se não tivesse feito nada de importante, e me respondeu:

– Eu servi nesse regimento e conhecia o comandante, que me permitiu recrutar uns voluntários...

– Mas como o senhor sabia que eu estava perdido?

– O cocheiro voltou para cá com o que restava de sua carruagem, pois os cavalos fugiram...

– Mas isso não o faria colocar os soldados em meu encalço...

– Não – ele respondeu – mas antes mesmo de o cocheiro voltar, recebi esse telegrama do nobre que o convidou.

Tirou do bolso um telegrama e o estendeu para mim, que li:

Bistritz.

Tome todo o cuidado com meu convidado – sua segurança é preciosa para mim. Se lhe acontecer algo ou ele desaparecer, não poupe esforços para encontrá-lo. Ele é inglês e, portanto, aventureiro. Há muitos perigos por aí: tempestades, lobos... Não hesite se suspeitar que ele corre riscos. Recompensarei generosamente seu zelo.

Drácula

Quando acabei de ler, o quarto pareceu girar a meu redor. Não fosse pelo gerente, eu teria caído no chão. Havia algo de muito estranho naquilo tudo, algo tão misterioso e tão difícil de imaginar que percebi ter sido o joguete de forças contraditórias, das quais esse simples vislumbre pareceu suficiente para me paralisar. Estive, certamente, sob alguma forma de misteriosa proteção. De um país distante viera, no tempo exato, a mensagem que me livrou do perigo, seja da neve inclemente, seja das mandíbulas do monstruoso lobo.

A LOBA BRANCA DE KOSTOPCHIN

Sir Gilbert Campbell

Uma extensa e plana área de campo aberto, com uma grande casa caiada que se erguia no meio de amplas campinas de terra cultivada, enquanto ao longe jaziam as baixas colinas e as florestas de coníferas na fronteira entre a Polônia e a Lituânia.[1] Não muito longe da casa branca, ficava a aldeia na qual viviam os servos, com o grande armazém e o banho público, invariavelmente encontrado nas aldeias russas, por mais humildes que sejam.

Os campos se encontravam mal cultivados, as cercas em péssimo estado, os utensílios agrícolas quebrados estavam descuidadamente jogados por todos os cantos, e toda a propriedade exibia a falta do olhar de um capataz enérgico. A casa grande não estava em muito melhor estado, com o mato crescendo no jardim, as placas de reboco caindo das paredes e várias das venezianas pendendo para fora de seus gonzos.

---

[1] A história se passa na época em que tanto a Lituânia quanto a Polônia estavam anexadas à Rússia, da qual foram distritos entre 1795 e 1918.

Acima dela, pesava o céu escuro do outono russo e não havia sinais de vida à vista, exceto alguns passantes, se arrastando preguiçosamente em direção à venda e à vodka, e um gato esquálido, morto de fome, rastejando em busca de alimento.

A propriedade, conhecida pelo nome de Kostopchin, pertencia a Paul Sergevitch Korkakov, um cavalheiro de posses e o homem mais infeliz da Polônia russa. Como muitos outros moscovitas ricos, ele viajou muito e gastou como água o ouro conquistado com o trabalho servil, nas noitadas dissolutas das capitais europeias. As feições de Paul Sergevitch eram mais do que conhecidas nas alcovas das cortesãs, assim como seu rosto era familiar ao público das mesas de jogo. Ele parecia não ter outra preocupação com o futuro, além de viver nos embalos dessa louca carreira de dissipação que perseguia.

Seus recursos, enormes como eram, já estavam bem comprometidos, embora ele continuasse a requerer de seu administrador novas remessas de dinheiro. Essa fortuna não teria longa duração, dado o constante assédio contra ela. Então, ocorreu uma inesperada reviravolta, que interrompeu como um raio a carreira do boêmio: um duelo mortal, em que um jovem de futuro promissor, o filho do primeiro-ministro do país em que Sergevitch então vivia, caiu sob um golpe dele. Representações foram enviadas ao czar e Paul Sergevitch, chamado de volta à pátria, recebendo a ordem de se confinar em sua propriedade para evitar punição mais severa.

Tremendamente contrariado, mas sem ousar desobedecer a ordem imperial, Paul Sergevitch se enterrou em Kostopchin, lugar que não visitava desde a adolescência. Primeiramente, tentou se interessar pelo trabalho na vasta propriedade, mas a agricultura não lhe apresentava encantos, de modo que disso resultou somente um desentendimento e a demissão de seu administrador alemão, logo substituído por um velho servo, Michal Vassilitch, que fora valete de seu pai. Então, o proprietário passou a vagar pelo campo, de arma na mão, e a sentar-se melancolicamente após voltar para casa, a fim de beber brandy e fumar inumeráveis charutos, enquanto maldizia o czar por tê-lo condenado a um destino tão mesquinho e aborrecido.

Por um par de anos, o homem levou essa vida sem graça, até que afinal, sem ao menos saber por que assim procedia, casou-se com a filha de um proprietário da vizinhança. O casamento foi dos mais infelizes, pois a noiva nada sentia por Paul Sergevitch, tendo-se casado somente por obediência ao pai, e o noivo, cujo temperamento sempre foi brutal, a tratava com selvagem crueldade, depois de um breve intervalo de suntuosa indiferença. Decorridos três anos, a pobre mulher expirou, deixando dois filhos – um menino, Alexis, e uma menina, Katrina. Paul Sergevitch passou pela morte da mulher com a mais completa indiferença, embora nunca arrumasse alguém para substituí-la. Era muito afeiçoado à pequena Katrina, mas pouco se importava com o filho. Aos poucos, retomou suas caminhadas solitárias pelo campo, com o cão e a espingarda.

Cinco anos se passaram desde a morte da mulher. Alexis era então um belo e saudável menino de sete anos, e Katrina, um ano e meio mais jovem. Paul Sergevitch acendia um de seus intermináveis charutos à porta de casa quando a menina correu a seu encontro.

– Papai feio, papai mau! – disse ela. – Por que nunca me trouxe o esquilinho que sempre me prometeu da próxima vez que fosse à floresta?

– Porque até agora não encontrei nenhum, meu tesouro – respondeu o pai, tomando a menina nos braços e enchendo-a de beijos. – Porque até agora não encontrei nenhum, minha princesa adorada; mas eu vou sem falta atrás de Ivanovitch, o guarda-caças, que há de me dizer onde encontrá-los, pois, se ele não souber, ninguém mais saberá.

– Ah, paizinho! – interrompeu-o o velho Michal, chamando-o com o termo que os russos mais humildes costumam dar a seus superiores. – Ah, paizinho! Cuidado! É um grande perigo andar por essa floresta.

– Você acha que tenho medo do guarda-caças? – replicou o amo, com uma risada irônica. – Ora! Ele e eu somos grandes amigos; se de algum modo o safado me rouba, pelo menos não me engana e mantém os outros caçadores longe da minha floresta.

– Não é por Ivanovitch que me preocupo – respondeu o velho. – Não, meu amo! Não se meta na escuridão da floresta. Há muitas histórias sombrias sobre ela, de feiticeiras que dançam ao luar; de estranhas, fantasmagóricas sombras que são vistas entre os troncos dos pinheiros, e de vozes sussurrantes que atraem quem as escuta para a danação eterna.

Novamente, a rude risada do dono das terras se fez ouvir, antes de Paul Sergevitch observar:

– Se você deixar essas velhas lendas confundirem sua cabeça, velho, terei de procurar um novo administrador.

– Mas não são só com esses monstros que eu me preocupo – prosseguiu Michal, persignando-se piedosamente. – É contra os lobos que quero acautelá-lo.

– Ai, pai, querido, agora eu é que fiquei com medo! – disse a pequena Katrina escondendo o rosto no ombro do pai. – Os lobos são muito maus e ferozes!

– Veja isso, seu cretino barbudo! – gritou Paul Sergevitch, furioso. – Você assustou o meu doce anjinho com essas bobagens suas. Além do mais, quem já ouviu falar em lobos nessa época do ano? Você está delirando, Michal Vassilitch, ou bebeu mais vodka do que devia no café da manhã!

– Juro pela minha futura felicidade! – disse o velho. – Quando andei pelos pântanos ontem à noite, vindo da cabana de Kosma, o pastor – o senhor sabe, meu amo, que ele foi mordido por uma cobra e está muito mal? –, quando andei pelos pântanos, repito, vi alguma coisa como uma centelha em meio às folhagens dos amieiros, do lado direito da estrada. Fiquei curioso de saber o que era aquilo e me aproximei com todo o cuidado, recomendando minha alma à proteção de São Vladimir. Pois bem, eu não tinha nem dado dois passos, quando ouvi um uivo selvagem que me gelou a medula dos ossos! Uma matilha de dez ou doze lobos, esquálidos e famintos, como se veem, meu amo, no inverno, saiu correndo em disparada. À frente deles ia uma loba branca, tão grande quanto os machos, com as presas brilhando e um par de olhos amarelos que reluziam como fogo. Trago sempre no pescoço um crucifixo que me foi dado pelo padre de Streletza e os bichos, vendo isso, fugiram pelo pântano, lançando lama e água em seu rastro. Mas a loba branca, paizinho, rodou três vezes ao redor de mim, à procura de um modo para me atacar. Três vezes fez isso e então, arreganhando os dentes e uivando com impotente malícia, se afastou umas quinze jardas e sentou-se, observando cada movimento meu, com seus olhos famintos. Não fiquei nem mais um minuto nesse lugar tão perigoso, como o senhor pode imaginar, meu amo. Corri rapidamente para casa, me benzendo a cada passo, mas, juro por tudo quanto é sagrado, que esse demônio branco me seguiu a estrada inteira, mantendo quinze jardas de distância e, de vez em quando, lambendo os beiços com um barulho que me fazia arrepiar. Quando cheguei à última cerca antes da casa grande, gritei para os cães e logo ouvi os latidos de Troska e Bransko, que vieram em meu socorro. O demônio branco os ouviu também e, estancando no ar, deu um longo uivo de tristeza, fez meia-volta e voltou para o pântano.

– Mas por que você não mandou os cães atrás dela? – perguntou Paul Sergevitch, interessado, a despeito de si mesmo, na narrativa do velho. – Em campo aberto, Troska e Bransko pegariam qualquer lobo que se atrevesse a passar por aqui.

– Eu tentei, paizinho – jurou o velho, solenemente. – Mas assim que chegaram ao lugar onde a loba deu seu último salto demoníaco, eles puseram o rabo entre as pernas e voltaram para casa o mais rápido que suas patas lhes permitiram.

– Estranho – murmurou Paul Sergevitch, pensativo. – Isto é, se isso é mesmo verdade e não o delírio de um bêbado.

– Meu senhor! – reagiu o velho, indignado. – Tenho servido ao senhor por mais de quinze anos, assim como já servira seu pai, desde menino, e nunca ninguém pôde dizer que me viu embriagado!

– Ninguém duvida que você seja um grande velhaco, Michal – respondeu o amo, com uma risada ríspida. – Mas não interessa, não é a sua lorota de ter sido seguido por lobos brancos que vai me impedir de ir à floresta hoje. Um bom par de balas há de quebrar qualquer feitiço, embora eu não acredite que essa loba, se é que ela existe em outro lugar além da sua imaginação, tenha qualquer coisa a ver com mágica. Não se assuste, Katrina, meu amor! Você vai ganhar uma bela pele branca de lobo para pôr os seus pezinhos, se o que esse tolo diz é verdade.

– Michal não é tolo – disse a menina. – E você é mau por chamá-lo assim. Não quero nenhuma pele de lobo. Quero um esquilo!

– E você o terá, meu tesouro! – respondeu o pai, colocando-a no chão. – Seja uma boa menina. Não demoro a voltar.

– Pai – disse o pequeno Alexis, que apareceu subitamente. – Posso ir com o senhor? Quero vê-lo matar um lobo e aprender como se faz, para quando eu for mais velho...

– Psiu! – disse o pai, irritado. – Meninos e suas ideias tolas! Leve o menino daqui, Michal. Não vê que ele está perturbando a irmãzinha?

– Não! Ele não me incomoda em nada – disse a menina, impetuosa, saltando sobre o irmão e cobrindo-o de beijos. – Michal, deixa ele aqui, ouviu?

– Está bem, está bem, deixe as crianças juntas – disse o pai, colocando a espingarda no ombro.

Beijando as pontas dos dedos de Katrina, Paul Sergevitch afastou-se rapidamente em direção à floresta. Avançou, cantarolando o fragmento de uma canção que ouvira em vários lugares, há muitos anos. Um estranho sentimento de felicidade cresceu dentro dele, muito diferente da excitação que sua solitária embriaguez costumava produzir. Uma mudança parecia ocorrer sobre sua vida toda, os céus pareciam mais brilhantes, as copas dos pinheiros, de um verde mais vivido, e a paisagem parecia ter perdido a pátina cinzenta que por anos parecia pairar sobre ela. Sob essa exaltação da mente, sob essa inesperada promessa de um futuro mais feliz, pairava um inexplicável sentimento de um vindouro poder, algo sem contorno ou forma, mas ainda mais terrível, uma vez que revestido pelo fino véu que esconde os fantásticos desígnios daqueles que habitam além dos limites da natureza.

Não havia sinal do guarda-caças, embora Paul Sergevitch tenha cansado de procurar por ele, fazendo seu nome ecoar na floresta. O grande cão, Troska, que havia seguido seu dono, olhou-o assustado no rosto e, à segunda repetição do nome "Ivanovitch", lançou um longo e entristecido uivo. Então, olhando para o dono como se o chamasse a segui-lo, avançou rapidamente rumo à parte mais densa da floresta. Um pouco espantado com a atitude incomum do cão, Sergevitch o seguiu, mantendo a arma pronta para atirar ao menor sinal de perigo.

Apesar de achar que conhecia bem a floresta, foi conduzido pelo cão a uma parte em que nunca tinha posto os pés antes. Afastara-se dos pinheiros e entrara em um emaranhado denso de arbustos e carvalhos. O cão mantinha-se a uma jarda à sua frente; tinha a boca aberta, exibindo as grandes presas brancas, o pelo do pescoço estava arrepiado e a cauda, enfiada entre as patas traseiras. Evidentemente, o animal se encontrava em um estado de extremo terror, embora continuasse bravamente em sua posição. Lutando contra o matagal, Paul Sergevitch se viu de repente em uma clareira de dez ou vinte jardas de diâmetro. Numa de suas extremidades, havia um lago de águas fétidas, por onde desapareceram vários répteis disformes quando o homem e o cachorro surgiram.

Quase no centro da clareira havia uma cruz de pedra quebrada, em cuja base jaziam os restos de um cadáver, perto dos quais Troska parou. Voltando-se para o dono, o cão lançou um longo e melancólico ganido. Por alguns instantes,

Paul Sergevitch olhou vacilante para os restos mortais ao pé da cruz e, então, reunindo toda a sua coragem, aproximou-se e ajoelhou-se para examiná-los. Um único olhar foi suficiente para ele reconhecer o rosto de Ivanovitch, o guarda-caças, cujo corpo tinha sido horrivelmente destroçado. Com um grito de surpresa, fixou o olhar no cadáver e sentiu um calafrio ao examinar os terríveis ferimentos que lhe foram infligidos.

O pobre infeliz tinha sido evidentemente atacado por alguma besta selvagem, pois havia marcas de dentes em sua garganta e a jugular quase fora arrancada para fora. O peito do cadáver fora rasgado por garras afiadas e havia, no seu lado esquerdo, um orifício arredondado e escuro, de onde brotavam placas de sangue coagulado. Só havia ali dois tipos de animal capaz de produzir semelhantes ferimentos: ursos e lobos. Os rastros no chão ao lado do defunto evidenciavam as pegadas de lobos, bem diferentes das dos ursos.

– Monstros selvagens! – murmurou Paul Sergevitch. – Então, no fim das contas, parece que existe algo de verdadeiro na história de Michal e o velho idiota pode ter dito a verdade pela primeira vez na vida. Bem, isso não é problema meu. Se um cara resolve passear pela floresta à noite e matar minhas caças, em vez de ficar quieto no seu canto, o risco é dele. O estranho é que as feras não o devoraram, apesar de o terem ferido terrivelmente.

Enquanto falava, fez meia-volta, na intenção de retornar para casa e mandar alguns servos resgatar o corpo do infeliz, mas seu olhar foi capturado por uma pequena coisa branca em uma moita próxima ao lago. Foi até lá e pegou a coisa, examinando-a. Era um tufo de pelos brancos e ásperos, que só podiam ser de um animal.

– Pelo de lobo, ou estou muito enganado – sussurrou Paul Sergevitch, pressionando o tufo entre os dedos e levando-o depois até o nariz. – Pela cor, sou forçado a crer que pertence à loba branca que assustou terrivelmente o velho Michal em sua caminhada noturna pelo pântano.

Sergevitch teve dificuldade de refazer o caminho que conduzia à parte conhecida da floresta. Troska parecia não lhe poder prestar a menor assistência nisso, seguindo cabisbaixo atrás dele. Várias vezes a trilha se mostrou intransitável, devido ao excesso de lama e à densidade das moitas. Durante as muitas voltas perdidas, o homem tinha sempre presente a sensação de haver algo perto dele, algo invisível, silencioso, uma presença que se movia junto com ele e parava também quando ele parava, para tentar em vão escutar alguma coisa. A certeza de que algo estava ao seu lado, de uma forma ou de outra, cresceu tanto que, enquanto o breve dia de outono terminava e sombras negras caíam por sobre os troncos e as copas das árvores, Paul Sergevitch apressou o passo tanto quanto pôde.

Finalmente, quando já estava enlouquecido de terror, atingiu uma passagem que conhecia e, com uma enorme sensação de alívio, caminhou decididamente na direção de Kostopchin. Quando deixava a floresta, chegando em campo aberto, um grito horroroso pareceu ecoar na escuridão atrás dele; mas os nervos de Paul Sergevitch estavam de tal forma tensos que não conseguia perceber se isso era mesmo verdade ou não passava de uma peça pregada por sua imaginação excitada. Enquanto cruzava o negligente gramado diante de sua casa, esbarrou no velho Michal, com o rosto convulsionado pelo pânico.

– Oh, meu amo, meu amo! – exclamou o servo. – Que coisa horrível!

– Aconteceu algo a Katrina? – gritou o pai, sentindo um súbito arroubo de terror no coração.

– Não! Não! A pequena está a salvo, graças à Santa Virgem e a Santo Alexandre de Nevskoi – respondeu Michal. – Mas, oh, senhor, a pobre Marta, a filha do vaqueiro...

– Que houve com a vadia? – quis saber o amo, com rispidez, pois, agora que o temor por sua filha tinha passado, não tinha a mínima compaixão a dispensar para uma serva qualquer.

– Contei ao senhor que Kosma estava morrendo – respondeu Michal. – Pois bem, Marta atravessou o pântano hoje à tarde em busca do padre, mas não voltou para cá.

– O que a impediu? – perguntou o amo.

– Um dos vizinhos, que fora ver como Kosma ia passando, encontrou o coitado morto; sua face estava terrivelmente contorcida e metade de seu corpo estava fora do leito, como se ele tivesse tentado alcançar a porta. O homem correu à aldeia para dar o alarme e, quando os outros o acompanharam à cabana do vaqueiro, encontraram o corpo de Marta entre os arbustos do pântano.

– Seu corpo... Ela estava morta? – indagou Paul Sergevitch.

– Morta, meu amo, morta por lobos! – respondeu o velho. – Ah, meu senhor, que coisa horrível! Seu peito foi dilacerado, o coração arrancado e comido, pois não o encontraram em lugar nenhum.

O amo ficou pasmo, pois lembrou da horrível mutilação do corpo de Ivanovitch, o guarda-caças.

– E isso não é tudo, amo – prosseguiu o velho. – Em uma moita perto dela havia esse tufo de pelos brancos – e, enquanto falava, retirou do bolso um pedaço de papel no qual havia algo embrulhado, estendendo-o ao patrão.

Paul Sergevitch reconheceu o pelo idêntico ao do tufo que havia encontrado no arbusto ao lado da cruz de pedra.

Sem perceber o ar surpreso de seu amo, Michal continuou:

– Com certeza, o senhor vai mandar homens e cães à caça dessa terrível criatura ou, melhor ainda, mandar também o padre com água-benta, pois duvido de que o monstro seja coisa deste mundo.

Paul Sergevitch estremeceu e, depois de uma breve pausa, contou ao servo sobre o trágico fim de Ivanovitch.

O velho escutou apavorado, persignando-se e evocando a Santa Virgem e vários santos o tempo todo, mas seu amo não lhe deu ouvidos por muito tempo. Ordenou que abrisse uma garrafa de conhaque e sentou-se para bebê-la, silenciosamente, enquanto a noite caía.

No dia seguinte, novo horror aguardava os habitantes de Kostopchin. Um velho camponês, rematado beberrão conhecido de todos, havia deixado a venda anunciando a intenção de voltar para casa. Foi encontrado morto em um trecho da estrada, duas horas mais tarde, mutilado pavorosamente, com o mesmo orifício aberto do lado esquerdo do peito, por onde seu coração fora arrancado.

Três vezes ao longo daquela semana a terrível tragédia se repetiu – uma criancinha, um homem feito e uma velha foram encontrados com as horríveis marcas de mutilação em seu corpo. Em todos os casos, o mesmo tufo de pelos brancos foi encontrado ao lado das vítimas. Seguiu-se o pânico e uma multidão furiosa de servos cercou a casa de Kostopchin, clamando pelo amo, a quem pediam proteção contra o monstro que os assediava, e apontando medidas a serem tomadas.

Paul Sergevitch sentiu um estranho desânimo, que o impediu de adotar qualquer medida efetiva. Um certo sentimento inesperado o induzia a permanecer quieto, mas o servo russo, ao padecer de um supersticioso acesso de terror, é uma criatura perigosa, de modo que, apesar da relutância, o senhor de Kostopchin deu instruções para uma completa busca pela propriedade, incluindo uma verdadeira batida na floresta de coníferas.

Aos primeiros raios de sol da manhã seguinte, o exército de caçadores recrutado pelo velho Michal estava a postos, formando uma estranha e grotesca legião, armada com trabucos, chuços e foices que pendiam da ponta de cabos compridos como lanças. Com a espingarda de cano duplo e um afiado facão de caça no cinturão, Paul Sergevitch ia na frente dos servos, acompanhado de seus dois cães de caça, Troska e Bransko, já mencionados. Todo canto e recanto ao redor da floresta foi vasculhado. Por menor que fosse, nenhuma moita deixou de ser esquadrinhada. Nada, porém, foi encontrado.

Afinal formou-se um círculo ao redor da mata e, com gritos, buzinaços e panelaços, a turba de servos abriu caminho entre os pinheiros. Apavorados, os pássaros bateram as asas e fugiram por entre os galhos. Lebres e coelhos, arrancados de seus esconderijos abaixo da terra, correram o mais que podiam, apavorados. Eventualmente, até um veado ou um javali atravessava a linha dos batedores, mas nenhum sinal de lobos foi avistado.

O círculo se fechou mais e mais, quando um grito e depois um confuso rumor de vozes ecoou entre as árvores. Todos acorreram naquela direção, e se descobriu um jovem ferido, banhado em sangue, mas ainda vivo. Um gole de vodka lhe foi despejado na garganta e o rapaz conseguiu contar que uma loba branca saltara sobre ele, derrubando-o no chão, e tentara abrir-lhe o peito com suas garras. Teria certamente sido morto, não tivesse o animal fugido, com o susto da aproximação dos caçadores.

– A fera correu para aquele lado – disse o moribundo, que desvaneceu novamente em seguida.

Mal suas palavras foram transmitidas a todos e uma dezena de propostas foram feitas.

– Vamos incendiar a floresta – exclamou um camponês.

– Vamos derrubar as árvores – disse um outro.

– Vamos invadi-la e matar a loba – gritou um terceiro.

Obteve maioria a primeira proposta, e uma centena de mãos coletou folhas e galhos secos. No momento em que um fósforo foi aceso, porém, uma leve e doce voz pareceu brotar de dentro da mata.

– Não acendam o fogo já, senhores; deem-me tempo para sair daqui. Já não me basta quase ter morrido de medo com a proximidade dessa horrível criatura?

Todos olharam espantados para o interior do bosque. Paul Sergevitch sentiu um estranho calafrio percorrer seu peito ao escutar essa voz, que lhe pareceu especialmente doce e musical. Uma luz reluziu no matagal e, então, como uma aparição, quem falou deixou o refúgio, para surpresa de todos. Os arbustos se abriram e uma bela mulher apareceu diante deles, enrolada em um manto de peles branco, com um formoso chapéu de viagem de veludo verde sobre a cabeça. Era surpreendentemente bela, com longos cabelos ruivos que escorriam desordenadamente sobre seus ombros.

– Meu bom homem – ela se dirigiu a Paul Sergevitch, com um certo tom de voz inegavelmente aristocrático –, o senhor é o amo aqui?

Automaticamente, o senhor de Kostopchin se curvou diante dela e retirou o chapéu.

– Sou Paul Sergevicth – disse – e essas matas são minha propriedade. Um lobo feroz é responsável por uma série de devastações entre meu povo e nós estamos tentando caçá-lo. Um rapaz que ele acabou de ferir o viu entrando no matagal de onde você acabou de sair...

– Sei – disse a dama, derramando o olhar azul-claro no rosto do interlocutor. – Essa fera horrorosa passou por mim como um raio e mergulhou em um grande buraco no centro do matagal. Era uma enorme loba branca e eu quase morri de medo que me devorasse.

– Homens! – gritou Paul. – Peguem as pás e as enxadas e cavem o esconderijo do monstro, pois chegou o fim da linha para ele. Madame, não sei que acaso a conduziu a essa solidão selvagem, mas a hospitalidade de Kostopchin está a seu dispor. Com sua permissão, hei de conduzi-la para minha casa, tão logo esse flagelo tenha sido eliminado.

O cavalheiro ofereceu-lhe a mão, um vestígio de sua antiga cortesia, mas interrompeu-se com uma expressão de horror na face:

– Sangue! – exclamou – Sangue! Sua mão está manchada de sangue!

A dama empalideceu, mas logo recobrou a cor. Com um meio sorriso, declarou:

– A criatura estava toda coberta de sangue. Acredito ter passado minha mão nos arbustos pelos quais ela andou quando tentei me afastar dela, para escapar de uma morte terrível.

Havia um tom de dissimulada malícia em sua voz, mas Paul abaixou os olhos diante do brilho de seu olhar azul-claro. Enquanto isso, apressados pela intensidade de seu medo, os servos já tinham as pás e as enxadas à mão. O buraco foi rapidamente alargado, mas, quando se atingiu uma profundidade de oito pés, viu-se que terminava em uma toca onde mal se abrigaria um coelho, quanto mais uma loba daquele tamanho. Também não havia um tufo sequer dos pelos brancos que foram achados ao lado dos corpos das vítimas, nem o forte odor característico que indica a presença de animais em qualquer lugar.

Os supersticiosos camponeses se benzeram e deixaram o local com o pior dos ânimos. O misterioso desaparecimento do monstro que cometera as terríveis atrocidades congelara o coração dos aldeões ignorantes, que, indiferentes aos gritos de seu amo, deixaram a floresta, sobre a qual parecia pairar a sombra de uma catástrofe.

– Perdoe a ignorância desses imbecis, madame – disse Paul Sergevitch, quando se viu a sós com a estranha –, e permita-me acompanhá-la à minha humilde residência, pois a senhorita deve estar precisando de descanso, de alimentos e de...

Aqui ele se interrompeu abruptamente. Com o mesmo sorriso equívoco nos lábios, a dama lhe respondeu:

– E você deve estar morrendo de curiosidade para saber como eu pude aparecer tão subitamente em sua floresta. Você diz ser o senhor de Kostopchin; então deve ser Paul Sergevitch, que bem deve saber como o czar de nossa santa Rússia determina o destino de seus súditos...

– Você me conhece, então! – exclamou o homem, surpreso.

– Sim. Vivi no estrangeiro, como você, e ouvi frequentemente seu nome. Você não quebrou a banca em Blankburg? Não tomou Isola Menutti, a bailarina, de um bando de rivais? E, numa última demonstração de meus conhecimentos, posso recordar uma certa manhã, em uma praia arenosa, na qual dois homens se encararam com uma pistola na mão, o mais novo, belo e com cara de menino, com no máximo 22 anos, enquanto o outro...

– Shh! – disse Paul Sergevitch, áspero. – Você certamente me conhece... mas quem é você afinal?

– Apenas uma mulher que um dia pertenceu à alta sociedade e lia os jornais, mas que agora é uma fugitiva procurada...

– Fugitiva! – exclamou o outro, espantado. – E quem ousa persegui-la?

A dama aproximou-se dele e sussurrou em seu ouvido:

– A polícia.

– A polícia! – repetiu Paul Sergevitch, dando um passo atrás. – A polícia!

– Sim, a polícia – ela disse. – Essa raça contra a qual se diz que nem o próprio czar se sente seguro, em seu trono no Palácio de Inverno. Sim, eu tive a imprudência de falar muito abertamente e... bem, você sabe por que uma mulher deve temer cair nas mãos da polícia em nossa santa Rússia. Para proteger minha honra, fugi acompanhada de uma serva fiel. Parti com o intuito de chegar à fronteira, mas a poucas léguas daqui fomos paradas por um destacamento da cavalaria. Minha criada teve a imprudência de resistir e foi morta com um tiro. Apavorada, eu consegui me enfiar na floresta, onde fiquei vagando até ouvir o barulho de seus servos, perscrutando as árvores. Pensei que fossem a polícia à minha busca, e penetrei no matagal para me esconder. O resto você sabe. E agora, diga-me se você se atreve a dar guarida a uma foragida...

– Madame – disse Paul Sergevitch, com uma reverência, olhando seus belos traços e empolgado com a história que ouvira. – Kostopchin está sempre aberta à má fortuna e à beleza.

– Ah – replicou a dama, com um riso em que havia algo de sinistro. – Tenho certeza de que a má fortuna bateria em vão à sua porta, não estivesse acompanhada da beleza. No entanto, agradeço e aceito sua hospitalidade, mas se alguma coisa de ruim vier a lhe acontecer, não vá me culpar por isso.

– Você estará a salvo em Kostopchin – respondeu ele. – A polícia não vai se meter comigo. Eles sabem que, desde que o czar me confinou aqui, a política já não é de meu interesse e as garrafas de conhaque são o único prazer de minha vida.

– Pela saúde do czar! – exclamou a dama. – Terei caído nas mãos de um beberrão? Bem, como estou morta de frio, conceda-me o favor de me conduzir a Kostopchin e de voltarmos logo para sua garrafa favorita...

Tomou o braço de Paul Sergevitch enquanto falava, sendo por ele conduzida à sua solitária mansão. Os poucos criados domésticos não se surpreenderam com o aparecimento da dama, pois os outros servos, ao voltarem da floresta, já haviam espalhado a notícia de seu misterioso aparecimento; além disso, estavam acostumados a não questionar os atos de seu amo.

Alexis e Katrina foram levados para a cama, enquanto o patrão e sua convidada se sentaram à mesa para uma refeição improvisada.

– Não estou com muita fome – disse a dama, brincando com a comida diante dela.

Paul Sergevitch reparou com surpresa que ela não levou nenhum alimento à boca, embora tenha enchido e esvaziado algumas taças do champagne aberto em sua homenagem.

– Já entendi – disse ele – e não me surpreende, pois a comida aqui não é aquela à qual você e eu estamos acostumados.

– Não se preocupe, está tudo bem – disse a dama, indiferente. – E agora, se é que você tem uma governanta por aqui, mande-a me mostrar o meu quarto, pois estou morta de sono.

Paul Sergevitch tocou uma sineta que estava na mesa ao lado dele e a visitante se levantou, dirigindo-se, depois de um breve boa-noite, para a porta, em cujo limiar o velho Michal apareceu de súbito. O criado retrocedeu para evitar um encontrão e seus dedos procuraram o crucifixo que lhe pendia do pescoço, com cuja proteção ele contava para mantê-lo a salvo dos poderes das trevas.

– Santa Virgem! – exclamou. – Valei-me São Ladislau! Onde eu vi essa mulher antes?

A dama pouco se importou com o evidente terror do velho e avançou em direção ao corredor, onde seus passos ecoaram. O servo timidamente se aproximou de seu amo, o qual, após um gole de conhaque, aproximara sua poltrona da lareira, contemplando o fogo.

– Senhor – disse Michal, arriscando tocar o ombro de seu amo. – Foi essa mulher que o senhor encontrou na floresta?

– Sim – disse Paul Sergevitch, com um sorriso nos lábios. – Ela é linda, não é?

– Linda! – retrucou Michal, benzendo-se. – Ela pode ser linda, mas é uma beleza do demônio! Onde eu a vi antes?

Onde eu vi antes esses dentes brilhantes e esse olhar gelado? Ela não se parece com ninguém da região e eu nunca saí de Kostopchin em minha vida. Tenho certeza absoluta... Ah, já sei! Essa mulher é a cara...

– Ora, seu idiota! – interrompeu-o o amo, furioso. – Deixe-me ouvi-lo dizer bobagens de novo e eu mando fritá-lo vivo! A moça nasceu em berço de ouro e é de boa família! Cuidado para não ofendê-la! Ouça minhas ordens! Quero que ela seja tratada com o maior respeito em sua estadia aqui. Diga isso a todos os criados. Atenção, não quero mais ouvir histórias de visões de sua cabeça oca sobre lobos no pântano! Acima de tudo, não quero saber de você assustando minha Katrina com essas bobagens!

O velho fez uma reverência submissa e, depois de uma breve pausa, acrescentou:

– O rapaz que foi ferido na caçada hoje morreu, senhor.

– Antes ele do que eu – disse o amo, para quem a morte de um servo não tinha a mínima importância. – Mas escute aqui, Michal, se aparecer alguém fazendo perguntas sobre essa dama, ninguém aqui a viu ou ouviu falar da existência dela!

– Como vossa excelência quiser! – disse o velho, e, percebendo que o senhor não lhe dava mais atenção, deixou a sala, benzendo-se a cada passo que dava.

Tarde da noite, Paul Sergevitch ainda pensava nos acontecimentos do dia. Tinha dito a Michal que a convidada era de boa família, mas, de fato, nada sabia dela além do que ela mesma lhe dissera.

– Na verdade, nem sei o seu nome! – murmurou consigo. – Mas, de uma maneira ou de outra, parece que uma nova página de minha vida está se abrindo para mim. Posso ter sido precipitado ao trazê-la para cá, mas eu a quero aqui. E se ela falar em ir embora, sempre posso lembrá-la de que há polícia nas vizinhanças...

Como era de seu costume, Paul Sergevitch fumou vários cigarros e bebeu muitos copos de conhaque. Um criado repôs a lenha que queimava na lareira e, depois de algum tempo, o senhor de Kostopchin caiu num sono pesado em sua poltrona. Foi despertado na manhã seguinte por um leve toque em seu ombro. Olhando ao redor, viu a dama da floresta de pé na sua frente.

– É muito gentil de sua parte já estar de pé na sala à minha espera – ela disse, com seu usual sorriso de troça. – Ou, a julgar pelas pontas de cigarro e a garrafa de conhaque vazio, talvez você nem tenha se deitado...

Paul Sergevitch resmungou palavras incompreensíveis e, tocando furiosamente a sineta, ordenou a um criado que limpasse os restos da noite e pusesse a mesa do café da manhã. Excusando-se, saiu para fazer a toalete, retornando meia-hora depois, com uma nova aparência.

Quando se sentaram para o desjejum, pelo qual manifestou a mesma indiferença que pelo jantar na noite anterior, a dama disse:

– Acredito que você queira saber como me chamo e quem sou. Meu nome é Ravina, mas quanto ao sobrenome e sobre minha família, talvez seja melhor você se manter ignorante. É uma questão de política, meu caro, uma mera questão de política, veja só. Deixo-o julgar pelas minhas maneiras e pela minha aparência se sou de estirpe suficientemente boa para ser hóspede em sua casa...

– Com certeza – Paul Sergevitch a interrompeu, completamente deslumbrado pelos encantos de sua convidada. – E ninguém melhor do que eu para avaliar o que tenho à minha frente...

– Não sei, não sei – replicou Ravina –, pois imagino que a companhia que você esteja acostumado a obter não seja do tipo mais seleto...

– Talvez, mas... – disse o homem, tomando-lhe a mão e levando-a aos lábios. Ao fazê-lo, porém, sentiu um calafrio, pois os dedos da dama eram mortalmente frios.

– Não seja bobo – disse Ravina, puxando a mão, depois de tê-la deixado uns instantes sob os dedos de Paul. – Mas você não escuta? Há alguém se aproximando...

Enquanto falava, ouviu-se no corredor o som de passos. A porta se abriu bruscamente. Era Katrina, que entrou na sala, seguida pelo irmão Alexis.

– São seus filhos? – perguntou Ravina, quando Sergevitch tomou a menina nos braços e a acomodou em seu colo, enquanto o menino se mantinha a alguns passos da porta, fixando os olhos espantados na mulher desconhecida, cuja presença ali lhe parecia inexplicável.

– Venha cá, meu menino – prosseguiu ela. – Suponho que você seja o herdeiro de Kostopchin, embora não seja muito parecido com seu pai.

– Ele saiu à mãe – disse Paul com indiferença, voltando-se para a filha. – E como vai a minha querida Katrina?

– Muito bem, papai! – disse a menina. – Mas cadê a pele de lobo que o senhor me prometeu?

Alexis deu alguns passos em direção à dama, ouvindo com grande atenção tudo que ela dizia.

– Lobos brancos são difíceis de matar? – ele perguntou.

– Parece que sim, meu pequeno – respondeu a dama –, pois seu pai e todos os servos de Kostopchin não conseguiram fazê-lo.

– Eu tenho uma arma e o velho Michal me ensinou a atirar. Se esse lobo aparecer na minha frente eu acabo com ele – disse Alexis, com firmeza.

– Que menino corajoso! – disse Ravina, entre risos. – E agora você não quer sentar no meu colo? Adoro meninos corajosos!

– Mas eu não gosto de você – disse Alexis, depois de pensar um pouco. – Pois o velho Michal diz que...

O pai interveio aos gritos:

– Vá já para o quarto, seu insolente! Você passa muito tempo com o velho Michal e os outros servos e está pegando os maus hábitos deles!

Duas pequenas lágrimas rolaram pelas faces do menino, que, em obediência à ordem do pai, virou-se e deixou a sala, enquanto Ravina lançava atrás dele um estranho olhar de desgosto. Mal a porta se fechou, porém, a bela dama se voltou para Katrina:

– Bem, talvez você não seja tão mal-educada comigo quanto seu irmão. Venha aqui – disse, estendendo os braços.

Sem hesitar, a menina se abraçou com ela, mergulhando o rosto em seus cabelos longos e sedosos.

– Linda, linda dama – a menina murmurou. – Você é muito linda!

– Como você pode ver, sua filha simpatizou comigo – observou Ravina para o dono da casa.

– Ela puxou o pai, que sempre teve bom gosto – respondeu Paul Sergevitch, satisfeito. – Mas tome cuidado, madame, ou ela vai arrancar o seu colar.

A criança, de fato, segurava uma joia brilhante ao redor do

pescoço da dama, inspecionando as contas de que era formada.

– Bela joia! – disse Paul, afastando a filha e examinando o colar com os dedos.

Realmente, tratava-se de uma corrente muito bela, formada do que pareciam ser pequenos chifres de ouro, dos quais pendia uma serpente do mesmo metal.

– Ora, são garras – disse o homem, olhando mais atentamente para as peças.

– Sim, garras de lobo – respondeu Ravina, que afastou a menina e ajeitou o colar em seu pescoço. – É uma relíquia de família que uso sempre.

Katrina quase começou a chorar quando lhe tiraram o colar da mão, mas Ravina, com a voz doce, soube mantê-la de bom humor.

– Você realmente sabe como lidar com minha filha – disse Paul Sergevitch, com um sorriso radiante. – Você conquistou o coração dela.

– Ainda não, mas quem sabe mais para a frente – disse a mulher, com seu estranho sorriso, apertando a menina contra o peito e lançando para o homem um olhar que o fez sentir uma desconhecida emoção.

No entanto, a menina, cansada da nova companhia, escorregou de seu colo e deixou a sala em busca do irmão. Paul e Ravina ficaram calados por alguns instantes, mas ela logo rompeu o silêncio.

– Tudo que me resta agora é confiar em sua hospitalidade e pedir-lhe que me dê cobertura e ajuda para chegar a uma cidade na quale eu encontre meios de ir embora da Rússia. A mais próxima é Vitrotski, acredito...

– Mas por que você pode querer ir embora daqui?

– perguntou o anfitrião, aborrecido. – Você está totalmente segura em minha casa e, se se apressar em continuar a fuga, é bem provável que seja reconhecida e capturada.

– Como posso querer ir embora? – perguntou Ravina, levantando e lançando um olhar surpreso sobre seu interlocutor. – Como você pode me perguntar isso? De que modo poderia permanecer aqui?

– Você não pode é sair daqui – insistiu o homem, obstinado. – Disso tenho certeza. Se deixar Kostopchin, você cairá certamente nas mãos da polícia.

– Por quê? Por que você vai lhes dizer onde me encontrar? – perguntou Ravina, com uma inflexão irônica na voz.

– Jamais – garantiu Paul Sergevitch.

– Talvez não – concordou a mulher. – Mas eu não deixo de poder ler pensamentos... Às vezes, é mais fácil entendê-los do que as palavras. Você, por exemplo, está pensando agora: "Kostopchin é um bom esconderijo, afinal; o acaso jogou em minhas mãos uma mulher cuja beleza me agrada; ela não tem amigos e está fugindo da polícia; por que não submetê-la aos meus desejos?" Não é isso o que você está pensando?

– De modo nenhum – gaguejou o homem, sem graça. – Quer dizer...

– Não, você nunca pensou que eu o entendesse tão bem – prosseguiu a mulher, sem meias palavras. – Mas você sabe que estou dizendo a verdade. E antes que eu me torne uma moradora de sua casa, devo deixá-la, mesmo que toda a polícia da Rússia esteja à minha caça assim que eu sair por sua porta.

– Não vá, Ravina – disse Paul Sergevitch, mal a mulher esboçou um passo para a saída. – Não vou dizer se a sua leitura da minha mente está certa ou errada, mas, antes de partir, me escute. Não vou lhe falar como um homem apaixonado, pois conhecendo o meu passado, você riria na minha cara... Porém, confesso que mal coloquei os olhos em você e novos sentimentos invadiram meu coração, não essa coisa morna que a sociedade chama de amor, mas algo como a lava incandescente que aflora na cratera de um vulcão. Não vá, Ravina, não vá, pois se você partir levará consigo meu coração.

– Talvez você esteja sendo mais sincero do que pensa – disse a bela mulher, que voltou e se aproximou do senhor de Kostopchin, colocando as mãos em seus ombros e lançando-lhe um olhar caloroso. – Mesmo assim, você só me dá uma razão egoísta para a minha permanência... Algo que se refere somente à sua própria satisfação. Diga algo que toque mais diretamente a mim.

O contato com Ravina fez Paul Sergevitch estremecer. Seus nervos todos vibraram. Tentando manter os olhos nos dela, mas sem conseguir sustentar a intensidade de seu olhar azul-claro, ele declarou:

– Case-se comigo, Ravina. Seja minha esposa. Você está salva de qualquer perseguição aqui e, se isso não lhe basta, podemos transformar a propriedade em uma fortuna em dinheiro e ir embora, para qualquer lugar onde você nada terá a temer da polícia russa.

– Então você é capaz de entregar sua mão a uma mulher cujo nome desconhece e cujos sentimentos a seu respeito você ignora? – ela perguntou, com seu usual riso zombeteiro.

– Que me importa o seu nome de família! – ele replicou, exaltado. – Tenho nome bastante para nós dois. E quanto ao amor, minha paixão logo fará incendiar seu peito, por mais gelado que ele esteja agora.

– Deixe-me pensar um pouco – disse Ravina, que se jogou em uma poltrona e enfiou o rosto entre as mãos, como se mergulhasse numa profunda reflexão.

Enquanto isso, Paul Sergevitch andava para cima e para baixo na sala, como um prisioneiro que aguarda na cela a sentença que lhe trará a vida ou uma morte infame.

Afinal, Ravina levantou a cabeça e falou:

– Pois bem, pensei seriamente na sua proposta e, sob certas condições, consinto em aceitá-la.

– De antemão estou de acordo com o que você quiser – disse Paul, aflito.

– Não aceite um acordo às cegas... Escute: para começar, no momento, não sinto maior inclinação a seu respeito. No entanto, você não me é desagradável. Ficarei aqui por um mês, em aposentos especiais que você arrumará para mim. Toda noite você virá visitar-me e, se souber me cativar, pode obter o que deseja...

– E se eu não cativá-la?

– Então, partirei – disse Ravina, determinada. – E, nas suas palavras, levarei comigo seu coração.

– Não são condições muito difíceis – obtemperou Paul Sergevitch. – Mas por que não diminuir o tempo de provação?

– Minhas condições são essas – insistiu Ravina, firme. – Aceita ou não?

– Não tenho alternativa – respondeu, resignado. – Mas lembre-se de que devo vê-la toda noite.

– Por duas horas – disse a mulher. – E você deve se esforçar para se tornar o mais agradável possível nesse tempo... Agora, mande os criados providenciarem meus aposentos, quero acomodar-me neles assim que possível.

O homem obedeceu e em duas horas três quartos estavam prontos para a bela ocupante em uma ala afastada da enorme mansão. Os dias se passaram rapidamente, mas Ravina não dava sinais de mudar de ideia. Toda noite, como determinara, ficava duas horas com Paul Sergevitch e se tornava mais sedutora, escutando seus elogios e declarações de amor, sempre com um sorriso frio e irônico nos lábios. Não permitia que o pretendente a visitasse em seu quarto, onde só aceitava, além dos criados, a pequena Katrina, que desenvolveu por ela uma estranha afeição. Alexis, ao contrário, a evitava sempre que possível, de modo que os dois pouco se encontravam. Sergevitch, nesse meio tempo, caminhava pela mansão e a vila, cujos habitantes se haviam recobrado do pânico, já que a loba branca aparentemente tinha desistido de seus ataques aos camponeses desavisados.

Um dia, quando as sombras da noite se aproximavam e o senhor de Kostopchin retornava à mansão depois de sua volta costumeira, preparando-se para a visita a Ravina, uma mão lhe pousou levemente sobre o ombro. Ele se voltou e viu o velho Michal atrás de si. O rosto do criado estava lívido, seus olhos brilhavam de terror e suas mãos se abriam e fechavam em um gesto compulsivo.

– Senhor, senhor, ouça-me, pois tenho terríveis notícias.

– O que é? – quis saber Paul, mais impressionado do que gostaria diante do terror do velho.

– A loba, a loba branca! Eu a vi novamente.

– Você está sonhando – retrucou o amo, aborrecido. – Você não tira esse bicho da cabeça e o está confundindo com um carneiro ou cão.

– Não estou me confundindo, senhor – disse o velho, com firmeza. – E não entre na casa agora, pois ela está lá.

– O quê? O que você está dizendo? – quis saber o patrão.

– A loba branca, senhor. Eu a vi entrar. O senhor sabe que os aposentos da dama ficam no térreo, do lado oeste da mansão. Eu vi a fera atravessando o jardim e se dirigindo para lá. Como se conhecesse bem o caminho, ela foi para a janela central do primeiro quarto, abriu-a com um toque da pata e entrou. Oh, senhor, não vá lá... Garanto que ela não fará mal à dama, porque...

Mas o amo afastou o braço do velho com uma força que o fez recuar e cair. Pegando um machado, Paul Sergevitch entrou na mansão e chamou os criados a segui-lo rumo ao quarto da hóspede. Puxou a maçaneta, mas a porta estava bem trancada. Em desespero, bateu na madeira com o lado do machado. Por alguns segundos nenhum som se ouviu, até que a voz suave de Ravina se ergueu, perguntando a razão daquele intolerável alarido.

– A loba, a loba branca! – gritaram várias vozes em coro.

– Um passo atrás e eu abro a porta – respondeu a hóspede, enfurecida. – Vocês devem estar loucos, pois não há nada aqui dentro.

A porta se abriu e a multidão enveredou por ela, em um grande tumulto. Todo canto do apartamento foi escrutinado, mas não se encontrou nem sinal do invasor. Com o olhar envergonhado, tanto o amo quanto os servos deixaram os aposentos, quando a voz de Ravina os fez parar.

– Paul Sergevitch! – exclamou, indignada. – Explique os motivos dessa intolerável invasão da minha privacidade!

Parecia mais bela do que nunca, com o braço direito estendido e o busto pulsando violentamente, com a raiva que lhe provocara a inesperada intromissão. Paul Sergevitch se limitou a repetir rapidamente o que escutou do velho servo. Ravina não se conteve:

– Quer dizer que é por causa do delírio de um velho estúpido que eu sou incomodada assim? Paul, se você tem a menor esperança de me conquistar, proíba terminantemente esse homem de entrar na mansão daqui para a frente.

Sergevitch teria sacrificado todos os seus servos por um único suspiro da bela hóspede, de modo que Michal perdeu o cargo de intendente e foi mandado para a vila, com ordens expressas de nunca mais dar as caras na mansão. A separação das crianças foi o que de fato partiu o coração do velho, mas ele não ousou desobedecer seu amo, mantendo-se afastado daí para frente.

Nesse meio tempo, começaram a circular rumores acerca do estranho comportamento da dama que ocupava os aposentos que pertenceram à antiga esposa do proprietário de Kostopchin. Os criados declaravam que todo o alimento que lhe era entregue voltava intacto, exceto a carne, que simplesmente sumia. Estranhos sons também provinham de seus quartos, por cujos corredores os criados passavam trêmulos de medo. Além disso, os servos da casa eram frequentemente perturbados por uivos de lobos, cujas pegadas eram distintamente visíveis no dia seguinte, invariavelmente diante do lado oeste da mansão, onde a dama se hospedava.

O pequeno Alexis, que o pai não gostava de ter por perto de si, ficava a maior parte do tempo com os servos, ouvindo o que eles falavam. Estranhos casos da imaginação popular vinham frequentemente à tona nas conversas dos criados às refeições, e o menino ficava com os cabelos em pé com as histórias de lobos, bruxas e damas de branco com que os camponeses lhe enchiam os ouvidos. Um dos maiores tesouros que Alexis possuía era uma velha escopeta, dada por Michal, que o menino sabia carregar e disparar, como vários pardais poderiam testemunhar. Com tantas histórias que vinha escutando, o garoto fez da escopeta sua companheira inseparável, enquanto caminhava pelos longos corredores no interior da mansão ou por entre os arbustos de seu mal cuidado jardim.

Duas semanas se passaram assim, com Paul Sergevitch cada vez mais seduzido pelos encantos de sua estranha hóspede, que não deixava de lhe dar pequenos acenos de esperança, de modo a afundar cada vez mais o infeliz no terrível caminho que trilhava. A arrebatadora paixão por Ravina e os muitos goles de conhaque com que se consolava da espera estavam mexendo com a mente do senhor de Kostopchin. Exceto quando a visitava, o homem mergulhava num profundo e silencioso mau humor, do qual eventualmente eclodiam surtos de raiva, para desespero dos criados.

Uma sombra pairava sobre a casa de Kostopchin, tornando-se motivo de sombrios sussurros e incertos temores; homens e mulheres que ali trabalhavam a toda hora lançavam olhares assustados por sobre seus ombros, certos de que alguma coisa estranha podia segui-los pelas costas.

Depois de alguns dias de exílio, o velho Michal não pôde mais suportar seu receio em relação à segurança de Alexis e Katrina. Vencendo seus temores, caminhou ao redor da mansão durante a noite, esgueirando-se pelas paredes e lançando olhares pelas janelas cujas cortinas haviam permanecido abertas. A princípio, sentia incontrolável medo de encontrar a terrível loba branca, mas seu amor pelas crianças e sua confiança no crucifixo que levava no pescoço prevaleciam, de modo que continuou a fazer a ronda noturna ao redor de Kostopchin e cercanias. Assim, aproximava-se até da ala oeste da mansão, movido por um vago pressentimento.

Uma noite, enquanto fazia a inspeção de costume, o lamento de uma criança chegou a seus ouvidos. Parou e prestou atenção, reconhecendo efetivamente um gemido que lhe pareceu sair da voz da pequena Katrina. Aproximando-se de uma das janelas, colou o rosto na vidraça iluminada e espiou por ela. À pálida luz de uma lâmpada que mal iluminava o recinto, viu Katrina estendida no chão, mas agora ela já não gemia, pois um lenço fora atado à sua boca. Sobre a garota, pendia um vulto medonho, envolto em roupas brancas desgrenhadas. A coisa parecia ocupada em abrir a blusa da menina, o que logo conseguiu. Então, com os dentes cintilando, aproximou a cabeça do peito de sua vítima.

Com um grito de terror, o velho forçou a moldura da janela e invadiu o quarto, brandindo a cruz que trazia no pescoço. A criatura sobre Katrina retrocedeu sobre seus pés e deixou cair a capa de pele branca que trazia sobre os ombros. Desvelou-se o rosto de Ravina, que tinha um punhal na mão e os lábios exangues.

– Feiticeira vil! – gritou Michal, e abaixou-se, pegando Katrina nos braços. – Que diabos você pretendia fazer com ela?

O olhar de Ravina fulminou o velho que se interpunha entre ela e sua presa. A mulher levantou o punhal e estava prestes a atacá-lo quando viu a cruz em sua mão. Com um grito grave, deixou cair a faca e, retrocedendo, murmurou o que não deixava de ser uma justificação:

– Não pude me conter. Eu amo a menina, de verdade, mas estou faminta!

Michal mal ouviu essas palavras, pois estava ocupado examinando a criança desfalecida, cuja cabeça aninhara em seu ombro. Havia uma ferida no seio esquerdo, da qual o sangue jorrava, embora não fosse profunda nem provavelmente fatal. Assim que se certificou disso, voltou-se para a mulher, que se curvava diante da cruz, como uma fera diante do chicote do domador.

– Vou levar a criança comigo – disse o velho, calmamente. – Ouse dizer uma palavra disso ou contar para onde ela foi e eu avisarei a toda a aldeia. Sabe o que acontecerá, então? Todos os aldeões virão para cá, com suas tochas, para incendiar esse lugar maldito e seus hóspedes sobrenaturais. Fique calada e eu a deixarei completar sua obra, pois não vou mais me incomodar em proteger Paul Sergevitch, que se entregou aos poderes das trevas ao trazer o demônio para esta casa.

Ravina ouviu-o, mas sem prestar muita atenção. Enquanto o velho se retirava pela janela com a garota, ela seguiu seus passos, debruçando-se no parapeito e encarando-o com o rosto pálido e o selvagem olhar faminto.

Na manhã seguinte, a casa de Kostopchin foi colhida pelo espanto e o medo, pois Katrina, a criatura adorada de seu pai, tinha desaparecido e nenhum sinal dela era encontrado. Todos os esforços possíveis foram feitos, os campos e bosques das redondezas foram esquadrinhados, mas afinal se concluiu que a menina devia ter sido levada por salteadores em busca do resgate que poderiam extorquir. Essa versão se mostrou consistente com as marcas de violência na janela do quarto da hóspede, que declarou que, ouvindo ruído de vidro se quebrando, correu para o quarto e viu um homem tentando invadi-lo. No entanto, percebendo a sua presença, fez meia-volta e desapareceu.

Paul Sergevitch não se mostrou tão desesperado quanto se imaginava, considerando a devoção que tinha por Katrina. Sua alma estava definitivamente possuída de paixão pela misteriosa dama que havia aparecido em sua vida. Certamente, organizou as buscas e tomou todas as providências necessárias, mas o fez sem empenho completo, mais preocupado em voltar rapidamente para Kostopchin, como se não conseguisse se afastar da arca em que se encerrava seu maior tesouro. Por sua vez, Alexis, completamente absorvido na procura da irmã, acompanhou os criados até a exaustão. A preciosa escopeta era agora mais do que nunca sua companheira. Quando o menino encontrava a bela mulher que lançara um feitiço em seu pai, seu rosto ficava vermelho de raiva e ele rangia os dentes em sua impotência.

No dia em que as buscas cessaram de vez, Ravina irrompeu na sala onde sabia que Paul Segevitch a esperava. Estava uma hora adiantada e o dono de Kostopchin se lançou a seus pés.

– Não se espante em ver-me agora – disse ela. – Vim fazer-lhe uma rápida visita. Estou convencida de seu amor por mim e, tão logo possa deixar de lado algumas objeções que meu coração ainda levanta, poderei ser sua.

– Diga-me quais são essas objeções – disse o pretendente, aproximando-se dela e tomando-lhe as mãos. – Tenho certeza de que saberei vencê-las.

Mesmo em meio ao enlevo e ao fervor de um triunfo antecipado, não pôde deixar de notar a frieza das mãos dela e o modo distante com que era tocado.

– Ouça – disse Ravina, retirando sua mão. – Quero pensar por mais duas horas. Enquanto isso, a casa de Kostopchin estará dormindo. Então, venha encontrar-me no relógio de sol, que fica no meio do jardim. Ali eu lhe darei minha resposta definitiva.

Ao perceber que ele pretendia argumentar, acrescentou:

– Ah, não diga nada, pois eu lhe garanto que você não vai se arrepender.

A dama fez meia-volta.

– Por que você não volta aqui? – o homem perguntou. – Vai fazer muito frio esta noite e...

– E você é um amante tão desinteressado – interrompeu Ravina, com seu riso costumeiro – que está preocupado com a mudança do tempo? Chega! Nem mais uma palavra. O que eu disse está dito.

Deixou a sala e, tão logo saiu, lançou um grito de raiva. Tinha esbarrado em Alexis no corredor.

– Por que essa peste não está na cama? – gritou, furiosa. – Quase me derrubou!

– Vá para o quarto, garoto! – exclamou o pai, ríspido, e o menino o obedeceu, lançando um olhar vingativo para Ravina.

Paul Sergevitch andou de um lado para outro da sala, indo e voltando sem parar ao longo das duas horas que faltavam para o encontro decisivo. Seu peito estava pesado e uma vaga perturbação parecia dominá-lo. Diversas vezes, decidiu deixar de lado seu compromisso e se entregar ao conhaque, mas em todas elas o fascínio exercido pela dama o fez voltar atrás. Lembrou-se de que desde pequeno não gostava do local onde ficava o relógio de sol. Considerava aquele lugar desagradável e assustador. Mesmo agora não o agradava a ideia de ir até lá à noite, no escuro, ainda que para ir ao encontro de Ravina.

A toda hora olhava o relógio na parede. Finalmente o som metálico do sino, ao marcar o quarto de hora, o avisou que não havia tempo a perder para não se atrasar. Colocando um sobretudo e um chapéu, abriu uma porta e saiu no jardim. A lua estava cheia e lançava sua luz fria sobre as árvores desfolhadas, que pareciam vultos fantasmagóricos. O caminho e o descuidado jardim estavam cobertos pela geada e um vento gélido soprava inclemente, penetrando pelas roupas de Paul Sergevitch e congelando o sangue em suas veias. A forma escura de uma árvore seca pairava diante dele, que parou por um instante, olhando o velho relógio de sol pouco adiante. Ao lado dele, divisou uma figura esguia, envolvida em uma volumosa capa branca. Estava completamente imóvel e, novamente, um terror indefinido percorreu-lhe a espinha.

– Ravina – disse, quase sem voz. – Ravina!

– Pensou que era um fantasma? – falou a bela mulher, com seu riso cínico. – Não, não, eu ainda não cheguei a isso. Bem, meu caro, vim dar-lhe a minha resposta. Você não está ansioso por ela?

– Como você pode me perguntar isso? – ele replicou. – Você não sabe o que venho sofrendo à espera disso? Não me deixe mais nenhum minuto em aflição...

– Paul Sergevitch – respondeu a jovem dama, aproximando-se dele, colocando as mãos em seus ombros e fixando nele uma expressão irresistível. – Você me ama de verdade?

– Amar você? – repetiu o senhor de Kostopchin. – Não lhe disse mais de mil vezes como minha alma lhe pertence, como eu só vivo e respiro na sua presença, como eu preferiria morrer a ter de ficar sem você?

– As pessoas sempre falam da morte sem saber quão próximas estão dela – disse a dama, com um sorriso triste nos lábios. – Fale, você me entrega todo o seu coração?

– Tudo que tenho é seu, Ravina – respondeu Paul Sergevitch. – Nome, fortuna...

– Mas é o seu coração – insistiu ela. – É o seu coração que eu quero... Diga, Paul, que ele é meu e só meu.

– Sim, meu coração é seu, Ravina – Paul respondeu, tentando envolvê-la em um abraço apaixonado. Mas ela escapuliu dele e, com um salto veloz, dominou-o, lançando-lhe um olhar que o paralisou.

Seus olhos brilhavam como fogo, seus lábios se escancararam, exibindo caninos brancos e afiados, enquanto ela ofegava, declarando com a voz rouca:

– Estou faminta, muito faminta, mas agora, Paul Sergevitch, seu coração é meu.

Seu movimento foi tão súbito e inesperado que o homem escorregou e caiu no chão. A mulher avançou sobre ele, pulando sobre seu peito. Foi então que Paul Sergevitch se apercebeu do que acontecia, tomando consciência do destino que o aguardava. Um terrível torpor o impediu de fazer qualquer gesto para se livrar do abraço que o prendia. A face que o encarava parecia transmutar-se, perdendo qualquer vestígio de humanidade. Com um gesto súbito, Ravina rasgou-lhe as roupas e, no momento seguinte, perfurou seu peito, extraindo seu coração. Abocanhou-o, então, com voracidade e volúpia. Num êxtase frenético, mal percebia o tremor convulsivo que agitava o corpo do senhor de Kostopchin.

Aliás, Ravina estava tão embriagada com o sangue que nem notou o pequeno vulto que se aproximava, esgueirando-se atrás das árvores, até chegar a pouco menos de dez passos da cena pavorosa. Então, os raios de lua brilharam nos canos da escopeta que Alexis, segurando com as duas mãos, apontava para a assassina. A mulher o percebeu com o canto dos olhos. Lançando um grito bestial, afastou-se do cadáver de Paul Sergevitch, estancando alguns passos além, ao lado de um arbusto. O menino fez pontaria e disparou um tiro certeiro.

Em seguida, porém, sentiu a coragem abandoná-lo e correu de volta para a casa, gritando por socorro. Os servos acorreram imediatamente, mas não havia o que pudessem fazer pelo falecido senhor de Kostopchin. Apavorados, deram busca nos arbustos, onde encontraram uma enorme loba branca que jazia morta, com um coração humano semidevorado em suas patas dianteiras.

Nenhum sinal da bela dama que ocupou os aposentos do lado oeste da mansão foi visto novamente. Ela passou por Kostopchin como um sonho mau, transformando-se em uma história sussurrada pelos camponeses do local ao pé da lareira, nas noites de inverno. Por ordem do czar, a propriedade foi confiscada e Alexis, mandado para a escola militar, até chegar a idade de servir o exército. Quando o perigo passou, o velho Michal providenciou o encontro dos dois irmãos, mas foi somente depois de muitos anos, residindo na casa de uma parente distante em São Petersburgo, que a menina parou de acordar à noite, vítima do recorrente pesadelo de ter caído nas garras de uma loba branca.

MISTERIOSOS EVENTOS DA VIDA DO PINTOR GODFREY SCHALKEN

Sheridan Le Fanu

Você ficará surpreso, caro leitor, com o conteúdo da narrativa que segue. O que eu tenho que ver com Godfrey Schalken[2] ou ele comigo? Nada. Schalken retornou da Grã-Bretanha para a sua terra natal, morreu e foi enterrado antes do meu nascimento. Nunca visitei a Holanda, nem falei com nenhum nativo do país. Preciso, então, explicar de onde provém minha autoridade e estabelecer o grau de credibilidade da estranha história que estou a ponto de apresentar.

Em minha juventude, tive contato com o Capitão Vandael, cujo pai serviu o Rei Guilherme nos Países Baixos, bem como na minha própria e infeliz terra natal, durante as campanhas da Irlanda. Não sei como aconteceu, mas me agradava a companhia desse homem, a despeito de suas opiniões políticas e religiosas. Assim, foi em decorrência do

[2] Godfrey (ou Gottfried) Schalken (1643-1706) é um personagem real, pintor holandês do século XVII, cujas obras se encontram em museus importantes, como o Rijksmuseum, de Amsterdam, ou a National Gallery, de Londres.

desenvolvimento de nossa amizade que vim a saber desse curioso caso.

Ao visitar Vandael, sempre me senti tocado por uma impressionante pintura, na qual, mesmo não sendo um *connoisseur*, não pude deixar de observar certas peculiaridades, particularmente quanto à distribuição de luz e sombra, e também alguma estranheza no próprio desenho, que atraiu minha curiosidade. O quadro representava o interior do que deve ter sido uma câmara em um antigo edifício religioso – o primeiro plano era ocupado por uma figura feminina, trajando uma espécie de hábito branco, parte do qual fora arranjada para formar um véu. O vestido, contudo, não era estritamente o de uma ordem religiosa. Em sua mão, a figura segurava uma lâmpada, por cuja luz seu rosto e sua forma eram iluminados; as feições eram marcadas por um sorriso arqueado, como se vê em belas mulheres ajudantes da prática de truques mágicos; ao fundo e totalmente na sombra (exceto onde servia para definir a forma a mortiça luz vermelha de um fogo que se apagava), erguia-se a figura de um homem vestido à antiga, de gibão e assim por diante, em uma atitude de alarme, sua mão colocada no cabo de uma espada, que ele parecia prestes a empunhar.

– Há pinturas – eu disse ao capitão – que nos impressionam não sei bem como, transmitindo a convicção de que representam não somente meras formas e combinações ideais que passaram pela imaginação do artista, mas cenas, caras e situações que realmente existiram. Quando olho essa pintura, algo me garante que estou diante de uma representação da realidade.

Vandael sorriu e disse, lançando na pintura um olhar pensativo:

– Sua imaginação não o enganou, meu bom amigo, pois essa pintura é um registro, que acredito fiel, de uma notável e misteriosa ocorrência. Foi pintada por Schalken e apresenta, no rosto da figura feminina que ocupa a maior parte do desenho, um preciso retrato de Rose Velderkaust, sobrinha de Gerard Douw,[3] moça que foi o primeiro e único – creio – amor de Godfrey Schalken. Meu pai conheceu bem o pintor e ouviu do próprio Schalken a história desse misterioso drama, do qual a pintura constitui uma cena. Esse quadro, que é tido como um excelente exemplo do estilo de Schalken, foi legado a meu pai pelo testamento do artista. Como você reparou, é um trabalho curioso e impressionante.

Só precisei pedir a Vandael que contasse a história do quadro para ouvi-la: por isso, estou apto a fazer um relato fiel do que eu mesmo ouvi, deixando a encargo do leitor recusar ou aceitar as evidências em que se baseia a verdade da tradição – com uma garantia, a de que Schalken era um honesto e obstinado holandês, incapaz de dar asas à fantasia. Além disso, Vandael, de quem ouvi a história, parecia firmemente convicto de sua veracidade.

Há várias formas pelas quais o manto do mistério e do romance aparenta pairar sobre o rude e engraçado Schalken – um camponês da Holanda –, rústico e obstinado, mas o mais refinado artista da pintura a óleo, cujas obras deleitam os iniciados de hoje, quase tanto quanto suas maneiras desagradavam os refinados de seu tempo. Ainda assim, este artista tão rude, tão obstinado, tão desleixado, eu diria até tão selvagem no trato e nas formas, no que toca ao seu sucesso posterior, foi escolhido pela fortuna para viver, em sua juventude, o papel de herói de um romance em que não faltam aventura e mistério.

---

[3] Gerard Douw (1613-1675), em cujo estúdio Schalken trabalhou, foi discípulo de Rembrandt, com quem estudou por três anos.

Quem pode dizer como ele era quando jovem para desempenhar o papel de amante ou de herói? Quem pode garantir que era, naqueles dias, o mesmo tipo grosso, robusto e atarracado que veio a ser na maturidade? Ou a que ponto a rispidez negligente, que posteriormente marcou sua figura, seu jeito e seus modos, não foi um produto do crescimento daquela descuidada apatia que se origina nos amargos azares e nos desapontamentos desse drama da sua juventude?

Essas questões jamais poderão ser respondidas.

Devemos nos contentar, pois, com o simples relato dos fatos, deixando a especulação para os que gostem dela.

Quando estudou com o imortal Gerard Douw, Schalken era um jovem adulto; apesar de sua constituição fleumática e dos modos exaltados que dividia com os camponeses de sua terra natal, não era incapaz de sentimentos vívidos e profundos, pois é fato estabelecido que o jovem pintor olhava com considerável interesse para a bela sobrinha de seu abastado mestre.

Rose Velderkaust era muito jovem, não tendo atingido os 17 anos no período de que falamos. Se a tradição não mente, possuía todos os encantos das belas e loiras donzelas flamengas. Schalken não estava há muito tempo na escola de Gerard Douw quando percebeu aprofundar-se esse interesse em um sentimento mais agudo e intenso, incompatível com a tranquilidade de seu honesto coração holandês. Ao mesmo tempo, reparou, ou pensou reparar, nos lisonjeiros sintomas de interesse recíproco, o que foi suficiente para resolver qualquer indecisão que tivesse experimentado, fazendo-o dedicar a ela toda esperança e sentimento de seu peito. Em poucas palavras, estava tão apaixonado quanto pode estar um coração holandês. O pintor não demorou em tornar sua paixão conhecida da própria donzela e sua declaração foi seguida por uma correspondente confissão da parte dela.

Schalken, no entanto, era pobre... Não possuía nada que compensasse sua falta de berço e posição, de modo a levar o velho tio a consentir em uma união envolvendo sua sobrinha com a vida de privações e dificuldades de um artista jovem e desconhecido. Só lhe restava, portanto, esperar que o tempo fornecesse uma oportunidade e o acaso, sucesso. Então, se seu trabalho fosse suficientemente lucrativo, esperava que sua proposta pudesse pelo menos ser escutada pelo cioso guardião de sua amada. Os meses se passaram. Encorajado pelos sorrisos de Rose, o trabalho de Schalken se intensificou, com efeitos e aprimoramentos que tornavam razoável a realização de seus desejos, bem como com o reconhecimento de sua arte, antes que muitos anos decorressem.

Porém, infelizmente, o curso dessa animadora prosperidade se viu submetido a uma súbita e terrível interrupção, e isso, ainda por cima, de maneira tão estranha e misteriosa que desafia qualquer investigação, lançando sobre os acontecimentos a sombra de um horror quase sobrenatural.

Certa noite, Schalken permaneceu no estúdio de seu mestre por muito mais tempo do que seus animados colegas, os quais alegremente ofereceram a desculpa da luz do crepúsculo para deixar de lado suas tarefas e concluir seu dia de trabalho na entusiástica confraternização de uma taverna... Mas Schalken trabalhava para superar-se e, mais ainda, por amor. Além disso, estava agora engajado no esboço de um desenho, operação que, ao contrário da pintura, pode ser desenvolvida enquanto houver luz suficiente para distinguir a tela do carvão. Assim, dedicava-se à composição de um grupo grotesco de anjos caídos e demônios, que infligiam tenebrosos tormentos a um rubicundo Santo Antão, desfalecido no meio deles, aparentemente no último estágio de sua tentação.

O jovem artista, no entanto, apesar de incapaz de executar ou mesmo de vislumbrar uma cena verdadeiramente arrebatadora, tinha discernimento suficiente para não se deixar satisfazer com qualquer resultado: muitas eram as emendas e correções que fazia, alterando os membros e as feições do santo e dos demônios, embora nenhuma delas conseguisse ainda trazer maior aprimoramento ao conjunto da obra.

O grande e antigo salão estava quieto e, com a exceção dele mesmo, abandonado por seus habituais frequentadores. Uma hora se passou – logo duas – sem nenhum progresso. A luz do dia já se fora e a do crepúsculo cedia passagem às trevas da noite. A paciência do jovem se exaurira e ele estava plantado diante da produção inacabada, em meio a reflexões nada agradáveis, uma das mãos mergulhada nas dobras de seu longo cabelo negro, a outra segurando o pedaço de carvão que ele agora esmagava, sem se importar com a sujeira produzida por sua indescritível irritação flamenga.

– Irra! – exclamou o jovem pintor. – Pintura, demônios, santo... que vá tudo para o inferno!

Um breve e súbito riso, que lhe ecoou ao pé do ouvido, pareceu responder instantaneamente a sua exclamação.

O artista fez meia-volta, ligeiro, e deu-se conta de que um estranho o observava.

Cerca de um metro e meio atrás dele encontrava-se o que era, ou parecia ser, a figura de um homem maduro, que usava uma capa curta e um chapéu de abas largas e coroa cônica. Na mão, protegida por uma pesada luva com jeito de manopla, o tipo segurava uma longa bengala de ébano cujo cabo era de ouro, a julgar por seu brilho à luz do crepúsculo; sobre seu peito, em meio às dobras da capa, cintilavam os elos de uma rica corrente do mesmo metal.

A sala estava tão escura que nada além daquela aparição era visível; por sinal, sua face estava encoberta pela sombra do chapéu de pele acima dela, de modo que suas feições não podiam ser claramente distinguidas. Um tufo de cabelos grisalhos escapava desse chapéu sombrio, evidência que, conectada à postura do intruso, sugeria que ele estava na casa dos sessenta anos. Havia um quê de gravidade e importância no ar dessa pessoa, e alguma coisa indescritivelmente estranha – eu poderia dizer terrível – na sua postura totalmente imóvel, pétrea, que correspondia ao conteúdo irritado que escapara aos lábios do artista enraivecido. Este, aliás, assim que se recuperou do susto, pediu ao estranho, delicadamente, que se sentasse, desejando saber se ele lhe trazia alguma mensagem de seu mestre.

– Diga a Gerard Douw – falou o desconhecido, sem mudar o menor dos detalhes de sua atitude – que o senhor Vanderhausen, de Rotterdam, deseja lhe falar amanhã neste horário e, se lhe aprouver, nesta sala, acerca de um assunto importante. Isso é tudo. Boa noite.

Tendo concluído, o estranho virou-se abruptamente e, com um passo rápido, mas silencioso, deixou a sala antes que Schalken pudesse lhe dizer uma palavra. O jovem sentiu curiosidade em saber a direção que tomou o cidadão de Rotterdam ao deixar o estúdio. Com esse propósito, correu à janela ao lado da porta. Entre a saída da sala do pintor e a da rua, um vestíbulo extenso se interpunha. Schalken, portanto, ocupou o posto de observação bem antes que o homem pudesse atingir a rua. Contudo, não o viu lá fora. Não existia outro modo de deixar a casa.

Teria o tipo desaparecido ou se escondera em um lugar do vestíbulo com algum propósito nefasto? Essa última alternativa fez um medo vago invadir a mente de Schalken, com tal intensidade que o fez permanecer na sala onde estava, sem coragem de ir ao vestíbulo. Entretanto, com um esforço aparentemente desproporcional àquela situação, conseguiu deixar a sala. Tendo trancado a porta atrás de si e guardado a chave em seu bolso, cruzou sem olhar para os lados a passagem que tão recentemente abrigara a pessoa do misterioso visitante. Nem sequer arriscou respirar até chegar à rua.

No dia seguinte, enquanto a hora do encontro se aproximava, Gerard Douw repetia consigo mesmo:

– Senhor Vanderhausen, senhor Vanderhausen de Rotterdam! Nunca ouvi falar nesse homem até hoje. O que ele quer de mim? Que eu pinte, talvez, seu retrato; que eu aceite algum protegido seu como meu aprendiz; que eu avalie uma coleção; ou – bah! – não pode haver ninguém em Rotterdam que me deixasse alguma herança. Bem, seja o que for, logo ficarei sabendo!

Era o fim da tarde e todos os cavaletes de pintura, exceto o de Schalken, estavam vazios. Gerard Douw andava pela sala com os passos incessantes de uma impaciente expectativa, cantarolando a passagem de uma composição musical dele mesmo, pois, embora não muito proficiente, admirava a música. Parava vez ou outra para se debruçar na janela, da qual podia observar os passantes que cruzavam a rua sombria na qual o estúdio se localizava.

– Você não disse, Godfrey – exclamou, voltando-se para Schalken após uma longa olhada a partir de seu posto de observação –, você não disse que ele marcou o encontro para as sete horas?

– Falei sete por causa do horário que era quando o vi – respondeu o aprendiz.

– Estamos na hora, então – disse o mestre, consultando um relógio de bolso tão grande quanto uma laranja madura. – Senhor Vanderhausen de Rotterdam, não é?

– Esse era o nome.

– Um homem maduro, ricamente vestido? – continuou Douw.

– Tanto quanto meus olhos o viram – assentiu o discípulo. – Não era muito jovem, nem muito velho. Usava uma roupa cara e formal, como deve ser a de um homem de posição e prestígio.

Nesse momento, o sonoro sino do relógio da Prefeitura bateu, pancada após pancada, as sete horas. Os olhos do mestre e do estudante se dirigiram para a porta. Não antes que o último repique do carrilhão parasse de vibrar, Douw exclamou:

– Ora, ora, o visitante deveria estar aqui, caso quisesse ser pontual. Como não está, espere por ele, você, se lhe interessa ser cortês com um impontual burgomestre. No que me toca, creio que nossa Leyden[4] tem trabalho suficiente, sem que eu precise importá-los de Rotterdam.

Schalken riu, como mandava o dever, e, após uma pausa de alguns minutos, Douw exclamou:

– Não duvido que tenha sido uma brincadeira, uma palhaçada tramada por Vankarp ou outro pilantra. Você devia ter desconfiado e dado nesse burgomestre, vereador ou sei lá o quê

[4] Leyden é uma cidade da província de Holanda do Sul, nos Países Baixos, região que tem como capital Haia e cuja cidade mais populosa é Rotterdam.

umas boas bengaladas! Aposto uma caixa de vinho do Reno que sua senhoria teria se desmascarado antes da segunda pancada!

– Ei-lo aí, senhor! – advertiu Schalken, baixinho.

Gerard Douw contemplou a mesma figura que, no dia anterior, se ofereceu ao olhar de seu discípulo tão inesperadamente.

Havia algo no ar e no porte da figura que imediatamente deixou claro ao pintor não se tratar de uma brincadeira e realmente estar diante de uma pessoa de prestígio. Assim, sem hesitação, tirou o chapéu e cortesmente saudou o estranho, oferecendo-lhe uma cadeira.

O visitante acenou com a mão, agradecendo a gentileza, mas permaneceu de pé.

– Tenho a honra de ver o senhor Vanderhausen de Rotterdam? – perguntou Gerard Douw.

– O próprio – foi a resposta lacônica.

– Soube que vossa senhoria quer falar comigo – prosseguiu Douw. – Aqui estou às suas ordens.

– Esse homem é de confiança? – disse Vanderhausen, voltando-se para Schalken, que estava a uma pequena distância, atrás de seu mestre.

– Certamente – disse Gerard.

– Então, deixe-o pegar esta caixa e levá-la ao ourives ou joalheiro mais próximo. Vamos esperá-lo voltar aqui com um certificado de avaliação.

No mesmo momento, colocou uma caixa, com cerca de vinte centímetros quadrados, nas mãos de Gerard Douw, que ficou surpreso com o seu peso. De acordo com o desejo do estranho, entregou-a a Schalken, repetindo as instruções e despachando-o na missão.

O aprendiz colocou a carga em segurança nas dobras de sua capa e, rapidamente, atravessando duas ou três ruas estreitas, parou em uma casa de esquina, cuja parte baixa sediava a oficina de um joalheiro judeu. Schalken entrou na loja e chamou o joalheiro a um canto, mostrando-lhe o pacote de Vanderhausen. Examinada à luz de uma lâmpada, a caixa mostrou ser muito velha e revestida de chumbo. Essa proteção foi removida com dificuldade, revelando outra caixa de madeira escura, que também foi aberta. Depois de desembrulhado, seu conteúdo revelou-se: um punhado de lingotes de ouro, que o judeu declarou da melhor qualidade.

Cada lingote passou pelo cuidadoso escrutínio do joalheiro, que exclamou impressionado:

– Que perfeição! *Mein Gott*! Nem um grão de liga. Lindo! Lindo!

Passou um certificado de que o valor dos lingotes atingia muitos milhares de libras. Com o documento em suas mãos e a caixa com o ouro debaixo do braço, Schalken refez seu caminho e entrou no estúdio, encontrando seu mestre e o estranho em animada conversação, que convém mencionar.

Quando o jovem pintor deixara a sala, Vanderhausen se dirigiu a Gerard Douw nesses termos:

– Não posso me demorar muito tempo. Portanto, vou lhe dizer logo o motivo de minha vinda. Você foi a Rotterdam há alguns meses. Na entrada da igreja de São Lourenço, eu o vi com sua sobrinha Rose Velderkaust. Quero me casar com ela. Espero que você esteja de acordo, pois devo satisfazer aos seus pré-requisitos, já que sou um homem muito rico – mais rico do que qualquer outro candidato que você possa imaginar.

Em caso positivo, podemos fechar negócio imediatamente, pois não tenho tempo a perder.

Gerard Douw estava tão surpreso quanto qualquer um ficaria diante da inesperada natureza da declaração do senhor Vanderhausen, mas não deu nenhuma demonstração disso. Além da prudência e da boa educação, continha-o uma espécie de frio, uma sensação opressiva – um sentimento semelhante ao de um homem colocado inconscientemente em contato com algo que lhe provoca repulsa –, um indefinido pavor à presença do estranho, de modo que nem ousava dizer qualquer coisa que pudesse parecer ofensiva.

– Não tenho dúvida – disse Douw, depois de alguma hesitação – que a união proposta pelo senhor é vantajosa e honorável para minha sobrinha, mas ela tem vontade própria e pode não concordar com o que *nós* desejamos para ela.

– Não me desaponte, senhor pintor – respondeu Vanderhausen. – O senhor é o tutor, ela é sua pupila. Se assim o senhor determinar, ela será minha.

O homem de Rotterdam se aproximava enquanto falava e Gerard Douw, sem saber por quê, rezava intimamente pelo rápido retorno de Schalken.

– Desejo de imediato – disse ainda o misterioso cavalheiro – depositar em suas mãos uma evidência da minha riqueza e uma garantia de minhas intenções para com sua sobrinha. O rapaz deve voltar brevemente com uma soma de valor cinco vezes maior do que ela poderia esperar de qualquer marido. Isso fica já em suas mãos, para o senhor aplicar da melhor maneira em benefício dela. Esse dinheiro será exclusivamente dela, enquanto ela for viva. Não lhe parece que sou um homem liberal?

Douw assentiu, pensando que a sorte estava sendo generosa com sua sobrinha. O estranho, ele considerava, devia ser muito rico, e uma oferta como aquela não podia ser desprezada, ainda que feita por um tipo dos mais esquisitos. Rose não tinha grandes expectativas, pois não dispunha de um dote, a menos que essa deficiência fosse suprida pela generosidade de seu tio. Também não poderia levantar qualquer escrúpulo em relação à proveniência do pretendente, pois ela mesma não era de origem nobre. Assim, Gerard Douw resolveu, e o costume da época lhe assegurava esse direito, não dar ouvidos a nada disso por enquanto.

– Senhor – disse, dirigindo-se ao estranho –, sua oferta é muito generosa e das hesitações que posso ter em aceitá-la imediatamente só me ocorre o fato de que nada sei sobre sua família e sua posição social. Creio que o senhor possa satisfazer-me quanto a isso.

– Quanto à minha respeitabilidade – disse o estranho, secamente –, o senhor deve estar certo desde já, mas não me aborreça com inquisições: o senhor nada saberá de mim, além do que eu quiser revelar. Quanto à minha respeitabilidade, enfim, deve lhe bastar minha palavra, caso o senhor seja respeitável; caso contrário, meu ouro.

“Um brioso cavalheiro de outrora” – pensou o tio. “Ele deve ter lá suas razões. Mas, feitas as devidas considerações, não tenho por que não lhe entregar minha sobrinha. Ainda que fosse minha filha, eu deveria fazer o mesmo. Só não quero me comprometer precipitadamente.”

– O senhor não quer se comprometer precipitadamente – disse Vanderhausen, usando as próprias palavras que passaram pela mente de seu interlocutor –, mas o senhor o fará se necessário, presumo. Vou lhe mostrar que considero isso indispensável. Se o ouro que pretendo lhe entregar for o bastante, se não deseja que eu retire minha proposta imediatamente, o senhor deve assinar este contrato antes de eu deixar a sala.

Assim falando, pôs nas mãos do artista um papel cujo conteúdo expressava o compromisso de Gerard Douw em entregar a Wilken Vanderhausen, de Rotterdam, para casamento, Rose Velderkaust, sua sobrinha, no prazo de uma semana a contar da data supra. Enquanto o pintor lia o contrato, Schalken, como se disse, entrou no estúdio. Tendo entregado a caixa e a avaliação do joalheiro nas mãos do estranho, ia se retirar, quando Vanderhausen o segurou. Apresentando a caixa e o certificado a Gerard Douw, o estranho esperou em silêncio que o artista os examinasse, perguntando afinal:

– Satisfeito?

O pintor declarou que gostaria de um dia para pensar.

– Nem uma hora.

– Então, aceito. Negócio fechado.

– Assine.

No mesmo instante ele abriu uma caixa com papel e um tinteiro, e Gerard Douw assinou o documento solene.

– Que esse jovem assine como testemunha – disse o estranho, e Godfrey Schalken, sem o saber, assinou o instrumento que entregava em outra mão a mão que ele há tanto tempo desejava. Selado o pacto, o estranho dobrou o papel e colocou-o em segurança dentro de um bolso.

– Voltarei amanhã à noite, às nove horas, para ver o objeto de nosso contrato. Até lá – disse Wilken Vanderhausen para os dois, e rapidamente saiu da sala.

Ansioso para esclarecer sua dúvida, Schalken debruçou-se na janela, de olho na porta da rua, mas o gesto apenas serviu para confirmar sua suspeita de que não fora pela porta que o homem tinha saído. Muito esquisito, muito estranho, muito assustador! O aprendiz e seu mestre permaneceram calados, cada um com seus próprios objetos de reflexão, de ansiedade e de expectativa. Schalken, contudo, ainda não imaginava a catástrofe que se abatia sobre ele. Gerard Douw nada sabia da ligação entre sua sobrinha e o aprendiz, mas, mesmo que soubesse, dificilmente consideraria isso um sério obstáculo aos desígnios do senhor Vanderhausen. Os casamentos eram assim, bem como os negócios. Aos olhos do tutor, teria parecido um absurdo fazer da atração mútua a base de um contrato matrimonial. Seria a mesma coisa que falar de garantias e cláusulas na linguagem do romance cavalheiresco.

O velho pintor, contudo, não comunicou à sobrinha o importante passo que tinha dado em seu nome para não antecipar qualquer oposição da parte dela, embora não pudesse evitar a consciência de que, caso a menina lhe pedisse, como naturalmente faria, para descrever a aparência do noivo, seria forçado a confessar que não vira seu rosto nem seria capaz de identificá-lo.

No dia seguinte, após o jantar, Gerard Douw chamou sua sobrinha para perto de si e, depois de examiná-la, com ar de satisfação, tomou sua mão e, olhando-a na bela e inocente face, com um sorriso gentil, disse-lhe:

– Rose, minha menina, esse seu belo rosto vai fazer sua fortuna.

Rose enrubesceu e sorriu.

– Tal face e tal temperamento casam muito bem – prosseguiu o tio. – Quando isso acontece, o conjunto é uma poção de amor à qual poucos poderão resistir. Acredite-me, menina, você logo estará noiva. Mas isso é óbvio e estou me adiantando. Apronte o salão para as oito horas e prepare uma ceia para as nove. Espero um amigo esta noite. E ouça-me, criança, vista-se o melhor que puder. Não quero que ele pense que somos pobres ou mesquinhos.

Com essas palavras, deixou o recinto e seguiu em direção à sala na qual seus discípulos trabalhavam. Quando a noite caiu, Gerard Douw chamou Schalken, que estava a caminho de seus exíguos aposentos, e convidou-o para a ceia com Rose e Vanderhausen. O convite foi obviamente aceito e o mestre e seu discípulo logo se encontravam no belo salão de aparência antiquada, especialmente preparado para a recepção.

Um alentado fogo ardia na lareira; ao lado, fora posta uma velha mesa de pés finamente esculpidos para receber a ceia. Com exata regularidade estavam dispostas ao redor dela cadeiras de espaldar alto, cuja deselegância era contrabalançada pelo conforto. Afinal, vieram as nove horas e com elas um chamado na porta da rua, o qual, sendo prontamente atendido, foi seguido pelo som de alguém que chegava às escadarias. Passos pesados se deslocaram pelo vestíbulo e a sala onde se reunira o trio de anfitriões se abriu lentamente, dando entrada à figura que perturbou Douw e Schalken, quase fazendo-os empalidecer, bem como Rose quase gritar de medo. Era o senhor Vanderhausen uma figura portentosa, sendo seu ar, a postura e o volume os mesmos de antes, embora nada se pudesse dizer das feições, jamais vistas anteriormente por nenhum dos três.

O estranho parou na porta da sala e expôs completamente sua face. Usava uma túnica cor de vinho, que era curta, mal lhe chegando aos joelhos; suas pernas estavam envoltas em meias de seda púrpura e os sapatos eram adornados com rosas da mesma cor. A abertura da parte superior da túnica deixava ver um peitilho de zibelina, e suas mãos estavam ocultas por um par de luvas grossas de couro, que se estendiam quase ao cotovelo, como se fossem manoplas. Uma das mãos segurava sua bengala e seu chapéu, que tinha tirado ao entrar, enquanto a outra pendia pesadamente a seu lado. Uma massa de cabelos grisalhos descia da sua cabeça e descansava sobre o colarinho alto, que escondia seu pescoço.

Até aí, tudo bem, o rosto contudo... Toda a pele da face tinha uma coloração azulada, do tipo às vezes produzida por remédios metálicos administrados em quantidade excessiva; os olhos eram enormes, com o branco aparecendo acima e abaixo da íris, o que lhes dava uma expressão de insanidade, a qual era multiplicada por sua fixidez vítrea; o nariz era razoável, mas a boca, contorcida de um lado, abria-se de modo a exibir duas longas e amareladas presas, que se projetavam da mandíbula superior sobre o lábio inferior; aliás, a cor dos lábios combinava com a da face, sendo, portanto, quase preta. O caráter da face era maligno no mais alto grau, quase satânico; de fato, mal se pode conceber tamanha combinação de horror, exceto quando se imagina o cadáver de algum criminoso que pendeu muito tempo na forca, apodrecendo até se transformar na habitação do demônio! É de se notar que o estranho indivíduo exibia o mínimo possível de sua pele, tendo permanecido de luvas durante toda a sua visita.

Após alguns momentos parado diante da porta, Gerard Douw afinal reuniu fôlego e presença de espírito para dar as boas-vindas e o estranho, com uma inclinação de cabeça, entrou na sala. Havia algo de indescritível estranheza, quase horror, em todos os seus movimentos, algo indefinível, algo sobrenatural, desumano – era como se seus membros fossem guiados e dirigidos por um espírito não habituado ao manejo da máquina corporal. O estranho não disse uma só palavra durante sua visita, que não se estendeu por mais de meia hora; o próprio anfitrião mal conseguiu reunir coragem suficiente para fazer as necessárias saudações e cortesias: de fato, era tal o terror que a presença de Vanderhausen inspirava que por pouco seus interlocutores não fugiram da sala.

Porém, os três não tinham perdido completamente o autocontrole, a ponto de não notarem duas estranhas peculiaridades do visitante. Durante sua permanência na casa, ele não fechou as pálpebras uma única vez, nem seus olhos fizeram o menor movimento; além disso, havia uma imobilidade mórbida em sua pessoa, devida à total ausência do movimento do peito que se espera do processo da respiração. Essas duas peculiaridades, que podem parecer insignificantes quando narradas, produziam um efeito chocante ao serem observadas. Mas, afinal, Vanderhausen aliviou a casa de sua funesta presença e não com pouca gratidão os três viram a porta da rua se fechar atrás dele.

– Querido tio – disse Rose, imediatamente –, que homem horroroso! Espero jamais ter de vê-lo outra vez!

– Bah, garota tola! – disse seu tutor, que se sentia tudo, menos à vontade. – Um homem pode ser feio como o diabo, mas mesmo assim ter bom coração, o que o faz valer tanto quanto essas carinhas bonitas e perfumadas que andam por aí... Rose, querida, é verdade que ele não tem um rosto bonito, mas é rico e generoso, de modo que se fosse dez vezes mais feio...

– O que é inconcebível – Rose não pôde deixar de observar.

Ignorando o comentário, o tio prosseguiu:

– Essas duas virtudes são suficientes para contrabalançar suas deformidades... Se elas não são suficientes para alterar o formato de suas feições, ao menos bastam para levar alguém a não pensar nelas.

– Sabe, tio – confessou Rose –, quando o vi à porta, só consegui me lembrar de uma velha figura de madeira pintada que me aterrorizava quando eu ia à igreja de São Lourenço, em Rotterdam.

Gerard Douw riu, mas não pôde deixar de considerar a comparação apropriada. Contudo, estava decidido, tanto quanto pudesse, a interferir nos sentimentos de sua sobrinha sobre a absurda feiura de seu prometido noivo. Por sinal, não era pequena a satisfação que sentia em notar que ela parecia livre do misterioso terror que o estranho provocava, o qual ele não conseguira disfarçar nem em si mesmo, nem em seu discípulo Godfrey Schalken.

No dia seguinte, bem cedo, chegaram para Rose de várias partes da cidade ricos presentes de seda, veludo, joias e assim por diante; também chegou um pacote para Gerard Douw, o qual, sendo aberto, mostrou conter o contrato de casamento, com os selos e as formalidades, entre Wilken Vanderhausen de Boom Quay, em Rotterdam, e Rose Velderkaust, de Leyden, sobrinha de Gerard Douw, mestre da pintura, também da mesma cidade; continha ainda o compromisso da parte de Vanderhausen de fornecer à noiva ainda mais riquezas do que tinha dado a entender ao seu tutor anteriormente, para que as usasse de acordo com o seu próprio alvitre, ficando o dinheiro sob a guarda do referido Gerard Douw.

Não pretendo descrever aqui nenhuma cena melodramática, nem dissertar sobre a crueldade dos tutores ou da magnanimidade de suas inocentes pupilas. Fiquem apenas registrados a sordidez, a leviandade e o lucro. De resto, em menos de uma semana após o primeiro encontro com Vanderhausen, o contrato de casamento entrou em vigor. Schalken viu o prêmio pelo qual tudo arriscaria ser levado em triunfo por seu formidável rival. Por dois ou três dias, ele se ausentou da oficina; depois, voltou a trabalhar – com menos alegria, mas, por outro lado, com muito mais decisão. Seu sonho de amor dera lugar à ambição.

Meses se passaram. Ao contrário de suas expectativas e da própria promessa de uma das partes, Gerard Douw não tinha notícia da sobrinha que o estranho desposara. O lucro do dinheiro que aplicara para ela permanecia intocado em suas mãos. Começou a ficar muito preocupado. Como tivesse o endereço completo do senhor Vanderhausen em Rotterdam, depois de alguma hesitação, decidiu ir até lá, de modo a conferir a segurança e o conforto de sua pupila, por quem nutria a mais forte e honesta afeição. Sua busca, no entanto, foi inútil. Ninguém em Rotterdam jamais ouvira falar do senhor Vanderhausen.

Ninguém sabia lhe dar uma informação a respeito do objeto de sua inquisição e ele foi obrigado a voltar a Leyden com as mesmas dúvidas que de lá levara ao partir. De volta à sua cidade, foi ao estabelecimento em que Vanderhausen alugou o luxuoso veículo para conduzir a noiva a Rotterdam. Do condutor desse carro ficou sabendo que, tendo viajado por etapas, haviam se aproximado de Rotterdam tarde da noite, mas, antes de entrarem na cidade, enquanto ainda se encontravam à distância de uma milha, um pequeno grupo de homens, sobriamente vestido, à moda antiga, com barbas e bigodes pontudos, interpôs-se no meio da estrada, obstruindo o avanço da carruagem.

O cocheiro refreou os cavalos, temeroso de que, àquele horário, na estrada deserta, se tratasse de um assalto. Seus temores, porém, logo se mostraram infundados, pois os homens carregavam consigo uma grande liteira, de formas antiquadas, a qual depuseram na estrada. Então, o marido, abrindo a porta da carruagem, desceu e ajudou a noiva, que chorava amargamente, a fazer o mesmo, conduzindo-a até a liteira, na qual os dois entraram. Os homens a levantaram e tomaram a direção da cidade, tendo logo desaparecido das vistas do cocheiro, dada a escuridão da noite. Ao lado de sua carruagem, deixou-se uma bolsa cujo conteúdo pagava três vezes o valor de seu trabalho. Nada mais viu nem podia dizer acerca do senhor Vanderhausen e de sua bela esposa.

O mistério tornou-se motivo de medo e de lástima para Gerard Douw. Evidentemente, havia algum tipo de fraude no acordo que Vanderhausen firmara com ele, embora não conseguisse imaginar com que propósito. Era difícil saber o que esperar de um homem com aquela aparência diabólica, de modo que cada dia que passava sem notícias da sobrinha, em vez de tranquilizá-lo, só aumentava seus temores. Para aliviar o desânimo que se abatia sobre ele quando terminavam seus afazeres cotidianos, convidava Schalken a acompanhá-lo no jantar, de modo que a presença do discípulo, em certa medida, desanuviasse a melancolia de uma refeição solitária.

Certa noite, o pintor e seu aluno sentaram-se ao pé da lareira, após uma ceia reconfortante. Tinham mergulhado naquela silenciosa meditação induzida pelo processo digestivo, quando seus pensamentos foram perturbados por um grande barulho à porta da rua, como se alguém nela batesse forte e repetidamente. Um criado foi investigar a causa do distúrbio e o ouviram duas ou três vezes perguntar quem era, sem obter resposta nem o fim das batidas. Ouviram-no, então, abrir a porta e seguirem-se passos rumo à escada.

Schalken levou a mão à espada e avançou em direção à porta, que se abriu. Antes de o pintor atingi-la, Rose irrompeu na sala. Parecia atônita, transtornada, pálida de exaustão e terror, mas sua roupa os surpreendeu muito mais do que sua aparência inesperada. Era uma capa de lã que se estendia do pescoço até o chão, muito amassada e suja. A pobre criatura mal entrara na sala e caiu sem sentidos. Com alguma dificuldade, conseguiram reavivá-la. Ao recobrar a consciência, a moça exclamou, em um tom de intolerável necessidade:

– Vinho, vinho, rápido ou estou perdida!

Alarmados com a frenética agitação com que o pedido era feito, atenderam-na imediatamente. Rose bebeu com uma avidez espantosa, porém, mal acabara de engolir, já pediu com a mesma urgência imperiosa:

– Comida, comida, já ou morrerei!

Havia ainda sobre a mesa um pedaço de carne, do qual Schalken imediatamente cortou uma fatia. A jovem avançou sobre ela com a rapacidade de um abutre e, tomando-a nas mãos, dilacerou-a com os próprios dentes, engolindo-a instantaneamente. Quando esse paroxismo de fome pareceu amainar, Rose se deu conta de quão estranha tinha sido sua conduta ou talvez outro terrível pensamento tenha lhe vindo à cabeça, pois começou a chorar amargamente e a esfregar as mãos.

– Chamem um sacerdote – pediu, desesperada. – Chamem-no imediatamente, pois não estarei a salvo enquanto ele não chegar aqui.

Gerard Douw despachou um mensageiro e convenceu a sobrinha a recolher-se em um quarto para repousar, o que ela concordou em fazer com a condição de que não a deixassem só nem por um segundo.

– Tomara que o sacerdote venha logo – a moça prosseguiu. – Ele pode salvar-me. Os mortos e os vivos jamais podem ser um. Deus proibiu!

Com essas misteriosas palavras, deixou-se conduzir para o quarto que o tio preparou para ela.

– Não me deixem só. Nem por um minuto. Se me deixarem estarei perdida para sempre.

Chegava-se ao quarto em questão por meio de uma espaçosa antessala. Gerard Douw e Schalken carregavam uma vela cada um, de modo que alguma luz iluminava o recinto. Os três entraram no quarto, que se comunicava com os aposentos de Douw, mas Rose estancou de repente, exclamando, apavorada:

– Meu Deus! Ele está aqui. Está aqui. Vejam, vejam!

A moça apontava para o quarto do tio, onde Schalken pensou ver uma sombra disforme. O rapaz sacou a espada e avançou para o quarto em que avistara o vulto, levantando a vela para melhor iluminar seu caminho. Não havia ninguém, apenas os móveis, embora o pintor estivesse certo de ter visto algo se mover ali. Um terror o invadiu, fazendo-o suar frio. Apavorado, escutou Rose, em desespero, afirmar:

– Eu o vi. Ele está aqui. Não estou enganada, pois o conheço bem. Ele está atrás de mim. Está comigo. Está aqui. Pelo amor de Deus, não saiam do meu lado!

Afinal, os dois conseguiram colocá-la na cama, e ela continuou pedindo que não saíssem do seu lado. Frequentemente, murmurava frases incoerentes e repetia sempre:

– Os mortos e os vivos jamais podem ser um. Deus proibiu! Repouso para os insones! Sono para os sonâmbulos!

Tais eram as desconexas sentenças que repetiu até a chegada do sacerdote. Gerard Douw começou a temer, e não sem razão, que a pobre moça, devido ao medo ou aos maus tratos, estivesse enlouquecendo. Suspeitou ainda, devido ao seu aparecimento inesperado, em hora mais inesperada ainda, que ela tivesse escapado de um manicômio, num surto de terror. Decidiu procurar auxílio médico assim que a mente de sua sobrinha se acalmasse com a ajuda do sacerdote por quem tão insistentemente clamara. Enquanto isso, não lhe perguntaria nada, de modo a não despertar qualquer preocupação que aumentasse seu desespero.

O sacerdote afinal chegou. Homem de figura ascética e idade venerável, a quem Douw respeitava muito, porquanto tratava-se de um sacerdote fervoroso, de cérebro engenhoso e coração gelado, menos amado como cristão do que temido como combatente da estrita virtude. Ele entrou no quarto no qual se encontrava Rose, que lhe pediu imediatamente para rezar por ela, pois se encontrava sob o domínio de Satã, de quem só os céus poderiam resgatá-la.

Para compreender corretamente as circunstâncias do evento, é necessário estabelecer com clareza as posições de cada uma das partes nele envolvidas. O velho sacerdote e Schalken estavam na antessala do quarto de Rose, cuja porta ficou aberta. Ao lado da cama da donzela, postava-se seu tutor. Ali havia uma vela, na antessala ardiam três. O sacerdote pigarreou, preparando-se para começar o exorcismo, mas, antes disso, um súbito golpe de ar apagou a vela no quarto em que a pobre moça se encontrava. Assustadíssima, Rose exclamou para Schalken lá fora:

– Traga outra vela, pois a escuridão é muito perigosa.

Esquecendo-se de que a sobrinha lhe pedira para não sair do seu lado, o tio correu para a antessala, em busca de outra vela.

– Meu Deus! Não! – gritou a infeliz, saltando da cama, em uma tentativa vã de contê-lo.

Tarde demais! Mal Gerard Douw atravessou o limiar da antessala, a porta que dividida os dois recintos se fechou violentamente atrás dele, como se um poderoso vento a tivesse batido. Schalken e Douw agarraram-se à porta, mas o esforço desesperado dos dois não foi suficiente para fazê-la ceder. Muitos gritos ecoaram no interior do quarto, com um pungente acento de inacreditável terror. O aprendiz e o mestre lutavam com todas as suas forças contra a porta, mas seus esforços de nada adiantaram. Não se ouviram sons de luta ou algo que o valha vindos de dentro do quarto fechado, mas os gritos pareciam se tornar mais fortes. Ao mesmo tempo, pareceram se abrir as venezianas da janela que dava para a rua. Um último grito, tão longo e esganiçado que mal parecia humano, escapou do quarto. Em seguida fez-se um silêncio de morte.

Depois, escutaram-se passos suaves cruzando o quarto, como se fossem da cama à janela. No mesmo instante, a porta cedeu, abrindo-se à pressão dos dois homens, que se precipitaram para dentro do recinto. Estava vazio. Pela janela aberta, Schalken olhou para a rua e para o canal que ficava mais adiante. Não viu claramente nada, mas julgou que as águas do canal ondulavam em um movimento circular, anel após anel, como se um grande peso tivesse afundado.

Nenhum sinal de Rose foi encontrado posteriormente, nem nada se soube de certo ou mesmo incerto acerca de seu misterioso pretendente. Nenhuma pista que ajudasse a penetrar nesse intrincado labirinto e a chegar a alguma conclusão sobre os fatos. No entanto, aconteceu um incidente que, apesar de não poder ser interpretado como uma evidência a respeito de nada, mesmo assim produziu uma forte e duradoura impressão sobre a mente de Schalken.

Muitos anos após os eventos aqui expostos, Schalken, que se estabelecera em outra cidade, recebeu o comunicado da morte de seu pai. O funeral seria realizado em uma igreja de Rotterdam. Schalken foi para lá, e chegou com dificuldade e atrasado. No entanto, o cortejo fúnebre não havia chegado à igreja em que o velório teria lugar. A noite caiu.

Como a chegada do cortejo havia sido anunciada, a capela onde o corpo jazia foi aberta. O sacristão, vendo Schalken andar pela igreja à espera do funeral, convidou-o a se sentar junto à lareira, que costumava manter acesa no inverno em um quarto que se ligava à capela por um lance de escada. Nesse local, Schalken e seu anfitrião se sentaram. Após algumas tentativas frustradas de estabelecer uma conversa com seu convidado, o sacristão viu-se obrigado a acender seu cachimbo para amenizar a solidão.

A despeito de sua tristeza, a fadiga de uma viagem de quase quatorze horas se impôs sobre o corpo de Schalken, que caiu em um sono profundo. Foi despertado por alguém que sacudiu gentilmente seu ombro. A princípio, pensou que era o sacristão. Levantou-se e, tão logo tomou consciência do que havia a seu redor, percebeu a presença de uma forma feminina, vestida em uma espécie de robe, com o rosto encoberto por um véu e uma lâmpada na mão. Afastava-se dele, caminhando em direção ao lance de escada que conduzia à capela.

Diante dessa aparição, Schalken sentiu um temor vago, mas, ao mesmo tempo, o irresistível impulso de ir atrás dela. Foi o que fez, mas, quando chegou à escada, parou, pois a figura também tinha parado e se voltara para ele, deixando ver, pela luz da lâmpada que carregava, suas feições: era Rose Velderkaust. Nada havia de assustado ou triste em sua face. Ao contrário, ostentava o mesmo sorriso que encantara o artista nos seus bons tempos.

Um sentimento de imensa curiosidade levou-o a seguir o espectro, se é que de um espectro se tratava. Rose desceu a escada e virou à esquerda, conduzindo-o por uma estreita passagem na qual, para sua infinita surpresa, Schalken viu o seu estúdio em Leyden, que os quadros de Gerard Douw imortalizaram. No ambiente, repleto de móveis antigos, havia uma cama de dossel com cortinas de veludo escuro. A aparição frequentemente se voltava para ele, sempre com o mesmo sorriso, e se aproximou da cama, descerrando as cortinas para iluminar o seu conteúdo com a lâmpada que tinha na mão. Apavorado, o pintor viu sentada na cama a figura demoníaca de Vanderhausen. Mal o avistou, Schalken caiu sem sentidos no chão, onde permaneceu até ser descoberto, na manhã seguinte, pelo sacristão. Estava caído em uma cela grande, que não era usada há muito tempo, aos pés de um caixão suspenso por quatro pilares de pedra.

Até o dia de sua morte, Schalken estava convencido da realidade da aparição que tinha testemunhado e deixou um curioso registro da impressão que ela exerceu sobre sua imaginação em um quadro que executou pouco depois do evento. Trata-se de uma obra valiosa não só pelas peculiaridades que celebrizaram o estilo do pintor, mas também por ser um retrato perfeito de seu primeiro amor, Rose Velderkaust, cujo misterioso destino permanece matéria de especulação.

A pintura representa uma câmara de pedra, como se pode ver em antigas catedrais, mal iluminada pela lâmpada que pende da mão de uma figura feminina. À esquerda de quem observa a pintura, vê-se a forma de um homem que foi arrancado do sono, cuja atitude é de alarme, a julgar pela mão que leva ao cabo da espada. Esta última figura é iluminada apenas por uma chama que agoniza na lareira. O quadro como um todo é um belo exemplar do engenhoso jogo de luz e sombra que tornou o nome de Schalken imortal entre os artistas de seu país. Este conto, em que o leitor pode perceber certo colorido adicional que lhe foi acrescentado pela nossa narrativa, não visa mais do que apresentar essa curiosa tradição ligada à biografia de um artista famoso.

O ALFARRÁBIO DO CÔNEGO ALBERICO

M.R. James

St. Bertrand de Comminges é uma velha aldeia francesa aos pés da cordilheira dos Pireneus, não muito distante de Toulouse, mas mais perto de Bagnères-de-Luchon. Foi sede de uma diocese até a Revolução[5] e tem uma catedral que um certo número de turistas costuma visitar. Na primavera de 1883, um inglês chegou a esse lugar do Velho Mundo – que eu dificilmente dignificaria com o nome de cidade, pois não chega a ter mil habitantes. Era um professor da Universidade de Cambridge, que viera de Toulouse especialmente para ver a igreja de São Bertrand, e havia deixado dois amigos, menos apaixonados pela arqueologia do que ele, em seu hotel de Toulouse, embora viessem a seu encontro na manhã seguinte. Para eles, meia hora na igreja seria o suficiente. Em

[5] Com a Revolução Francesa (1789-1799), as ideias iluministas anticlericais e antirreligiosas se traduziram em medidas legais como a proibição da cobrança do dízimo e o confisco de bens da Igreja Católica. Consequentemente, houve uma reestruturação da Igreja no país, o que explica o fim da diocese a que o texto faz referência.

seguida, os três poderiam continuar sua viagem em direção a Auch.

Nosso inglês veio bem cedo no dia em questão e estava disposto a preencher um caderno inteiro com notas e fotografias para registrar todos os cantos da maravilhosa igreja que dominava a pequena colina de Comminges. Para levar a cabo essa documentação, era necessário monopolizar por um dia o sacristão, que fora despachado para lá pela mal-educada dona da estalagem *Chapeau Rouge*. Ao chegar lá, o inglês considerou-se diante de um objeto de estudo mais interessante do que esperava.

Não era propriamente na aparência pessoal do pequeno, seco e encarquilhado sacristão que o interesse recaía, pois era exatamente igual à de dúzias de sacristãos na França, mas no ar que tinha, curiosamente esquivo, ou ainda perseguido e oprimido. O homem estava perpetuamente olhando para trás de si; os músculos de suas costas e espáduas pareciam curvados em uma contínua contração nervosa, como se esperasse a todo momento ser atacado por um inimigo. O inglês não sabia se o considerava um homem assombrado por uma ideia fixa, alguém oprimido por uma consciência culpada, ou simplesmente um marido submisso... As probabilidades com certeza apontavam para este último caso, embora a impressão que passava sugerisse mais um inimigo tenaz do que uma esposa mandona.

Entretanto, o inglês – vamos chamá-lo de Dennistoun – logo se viu muito envolvido com seu caderno e muito ocupado com sua câmera para destinar mais do que uma olhada ocasional ao sacristão. Não importava quando olhasse para ele, sempre o encontrava a curta distância, com as costas apoiadas em alguma parede ou agachado ao pé de uma coluna portentosa. Depois de algum tempo, Dennistoun ficou preocupado. A leve suspeita de estar atrasando o velho sacristão para o almoço e de ser visto como um tipo inoportuno, que bem poderia querer roubar a cruz de marfim de São Bertrand, começou a incomodá-lo.

– Quer ir para casa? – perguntou, afinal. – Posso terminar minhas notas sozinho. Você pode me trancar aqui se quiser. Devo demorar pelo menos mais duas horas e acredito que está meio frio aqui para você.

– Santo Deus! – disse o tipo, a quem a sugestão pareceu inspirar um estado de terror inimaginável. – Nem pense nisso. Deixá-lo sozinho na igreja, senhor? Não, não, duas horas, três horas, para mim tanto faz. Já tomei um bom desjejum, não estou com frio, muito obrigado, senhor.

– Muito bem, meu caro... – resmungou Dennistoun consigo mesmo –, mas eu avisei e você vai ter de arcar com as consequências.

Ao fim de duas horas, quando as colunas, o enorme órgão em ruínas, o coro-alto do bispo Jean de Mauléon, o que restava dos vitrais e das tapeçarias, e os objetos na sacristia haviam sido completamente examinados, o sacristão continuava nos calcanhares de Dennistoun. A toda hora tinha espasmos, como se algo o houvesse picado, invariavelmente depois de algum dos muitos ruídos comuns aos velhos edifícios. Ruídos que, às vezes, eram mesmo bem estranhos...

– Uma vez – Dennistoun me contou mais tarde –, juro que escutei uma voz fina e metálica rindo no alto da torre. Lancei um olhar inquisitivo para o sacristão, que estava branco como uma folha de papel. “É ele, quer dizer, não é ninguém; a porta está trancada”, foi tudo o que disse, e ficamos olhando um para a cara do outro por um extenso minuto.

Um outro incidente também deixou Dennistoun bastante intrigado. Estava examinando um grande quadro pendurado atrás do altar, o primeiro de uma série que ilustrava os milagres de São Bertrand. A composição do quadro era quase indecifrável, mas havia abaixo da imagem uma legenda em latim:

"*Qualiter S. Bertrandus liberavit hominem quem diabolus diu volebat strangulare*" (Como São Bertrand salvou um homem a quem o diabo muito tentara estrangular).

Dennistoun estava virando para o sacristão, com um sorriso de escárnio em seus lábios, mas sentiu-se embaraçado ao ver o homem de joelhos, olhando para a pintura como um suplicante desesperado, mãos crispadas e lágrimas nos olhos. Dennistoun, naturalmente, fingiu não ter visto nada, mas uma pergunta não lhe saía da cabeça: "como algo tão trivial pode afetar alguém a esse ponto?" Afinal, acreditou compreender a razão da estranha atitude do sacristão: deve ser vítima de monomania, pensou, mas qual será a sua mania?

Eram quase cinco horas. O dia ia embora e a igreja ficava cheia de sombras, enquanto os ruídos estranhos – de passos abafados e de vozes distantes, que foram audíveis o dia inteiro – pareciam, sem dúvida devido à diminuição da luz e, consequentemente, ao aumento do sentido da audição, mais insistentes e constantes.

O sacristão, pela primeira vez, mostrou sinais de pressa e impaciência. Soltou um suspiro de alívio ao ver a câmera e o caderno serem guardados e postos de lado. Apressadamente, conduziu Dennistoun para a porta oeste da igreja, abaixo da torre. Era a hora de tocar o Angelus. Alguns puxões em uma corda relutante e o grande sino Bertrand, no alto da torre, pôs-se a cantar, dirigindo sua voz até o pico dos pinheiros e o vale lá embaixo, ao longo do rio, chamando os habitantes dessas colinas solitárias a lembrar e repetir a saudação do anjo àquela a quem chamou de bendita entre as mulheres. Depois disso, um profundo silêncio pareceu se instalar na velha aldeia, pela primeira vez naquele dia. Dennistoun e o sacristão saíram da igreja. Nas escadas da porta, começaram a conversar.

– *Monsieur* parece interessado por velhos livros.

– Certamente. Eu ia lhe perguntar se a aldeia dispunha de uma biblioteca.

– Não, *monsieur*. Talvez tenha havido uma, pertencente à diocese, mas hoje o lugar é muito pequeno... – aqui, ele fez uma estranha pausa, aparentemente de indecisão; então, compenetrado, prosseguiu: – Bem se *monsieur* é um *amateur des vieux livres*, tenho algo em minha casa que pode interessá-lo. Não estamos nem a quinhentos metros de lá.

Imediatamente, Dennistoun alimentou seus sonhos de descobrir valiosíssimos manuscritos em inexplorados rincões da França, embora voltasse à realidade pouco depois. Com certeza devia ser um missal não tão raro, da tipografia Plantin.[6] Qual a probabilidade de um lugar perto de Toulouse não ter sido saqueado por colecionadores há muito tempo? Entretanto, seria loucura não aceitar o convite; não se perdoaria se recusasse. Então, os dois seguiram adiante. A caminho, o contraste repentino entre a costumeira indecisão e a repentina determinação do francês chamou a atenção de Dennistoun, que imaginou se não estaria caindo em uma armadilha para ser roubado, uma vez que era, supostamente, um rico inglês.

[6] Cristophe Plantin (1520-1589) foi um impressor e editor francês da época do Renascimento.

Decidiu, portanto, conversar com seu guia. Contar-lhe que dois amigos viriam encontrá-lo no dia seguinte. Para sua surpresa, a revelação pareceu aliviar o sacristão de algum temor que estivesse a oprimi-lo.

– Muito bem – o francês disse, quase radiante –, isso é muito bom. *Monsieur* viajará na companhia de amigos, que estarão sempre perto dele. É uma coisa excelente viajar acompanhado, às vezes...

Logo chegaram à casa do sacristão, que era ligeiramente maior que a dos vizinhos, feita de pedra, com um emblema no batente da porta, o emblema de Alberico de Mauléon (Dennistoun me disse), um descendente colateral do bispo Jean de Mauléon. Esse Alberico tinha sido cônego em Comminges de 1680 a 1701. As janelas superiores estavam quase despencando e o lugar inteiro parecia em ruínas, como de resto a própria Comminges. Na soleira da porta, o sacristão parou um instante.

– Talvez – disse, relutante –, talvez, afinal, *monsieur* esteja com pressa...

– De jeito nenhum. Tempo não me falta. Não tenho nada a fazer até amanhã. Vamos ver o que você tem aí...

Nesse momento, a porta se abriu e um rosto olhou para fora, um rosto muito mais jovem que o do sacristão, embora tivesse algo do seu olhar assustado. Nesse caso, no entanto, esse olhar parecia marcado não por um medo em relação à própria segurança, mas pela de um outro alguém. Enfim, a dona do rosto era a filha do sacristão, uma moça muito bonita, exceto pela expressão que descrevi. Ficou contente de ver seu pai na companhia de um estrangeiro bem apessoado. Entre pai e filha, foram trocadas algumas palavras em francês, das quais Dennistoun só entendeu as seguintes, ditas pelo sacristão: "Ele estava rindo na igreja" – a resposta da filha foi um olhar aterrorizado.

No momento seguinte, estavam todos na sala de estar, uma sala pequena e alta com piso de pedra, cheia de sombras móveis, projetadas pelo fogo que ardia em uma lareira, a qual lembrava um oratório, devido ao grande crucifixo acima dela, uma cruz preta na qual pendia um Jesus pintado em cores naturais. Ao lado disso, havia um baú de muita idade e solidez. Depois de acender uma lâmpada e pôr as cadeiras junto ao fogo, o sacristão o abriu e dele retirou, cada vez mais exaltado e nervoso, segundo Dennistoun, um grande livro, embrulhado em um pano no qual se via uma cruz bordada em linha vermelha. Antes mesmo de vê-lo desembrulhado, Dennistoun começou a ficar interessado pelo tamanho e a forma do volume.

"Muito grande para um missal", pensou, "sem o formato de uma antífona;[7] talvez seja algo de valor, afinal."

Em seguida, o livro foi aberto e Dennistoun sentiu que estava diante de algo melhor do que bom. Tinha à sua frente um *in-folio,*[8] encadernado, provavelmente do século XVII, com as armas do cônego Alberico de Mauléon gravadas a ouro na lombada. O alfarrábio deveria ter cerca de 150 páginas, entre as quais estavam anexadas, como em um álbum de recortes, outras tantas folhas com manuscritos ilustrados. Era algo com que nem nos seus melhores momentos Dennistoun havia sonhado. Havia dez folhas de uma cópia do Gênesis, com ilustrações que seriam, no

[7] Livro de cânticos religiosos.

[8] Método de impressão e, por extensão, livros impressos com esse método.

mínimo, de 700 d.C. Havia um jogo completo de figuras de um saltério,[9] de origem inglesa, no mais elegante estilo do século XIII. E, melhor de tudo, havia vinte folhas de escrita uncial em latim, as quais deveriam pertencer a algum desconhecido tratado de Patrística,[10] pelo que avaliava. Poderia tratar-se de um fragmento de uma cópia de "Nas palavras do Senhor", de Papias,[11] cuja existência em Nîmes é conhecida, no final do século XII? De qualquer modo, sua decisão já estava tomada, aquele livro precisava voltar com ele para Cambridge, nem que precisasse retirar todas as suas economias do banco e ficar em São Bertrand até a chegada do dinheiro. Olhou para a cara do sacristão para ver se enxergava algum sinal de o livro estar à venda.

O francês estava pálido e ia dizendo:

– *Monsieur* deve olhar até o fim...

Então, *monsieur* olhou até o fim, encontrando novos tesouros a cada página virada. Ao chegar ao final, deparou-se com duas folhas de papel de data mais recente do que tudo que vira e que o deixaram embasbacado. Deviam ser contemporâneas, acreditou, ao inescrupuloso cônego Alberico, que só podia ter saqueado a biblioteca da diocese de São Bertrand para formar seu valioso alfarrábio. Na primeira delas havia uma planta, cuidadosamente desenhada e imediatamente reconhecível para quem conhecesse o local, da ala sul e da clausura de São Bertrand. Nas margens, inscreviam-se estranhos sinais que poderiam ser os símbolos dos planetas e algumas

[9] Coletânea de Salmos.

[10] Filosofia cristã dos primeiros sete séculos de nossa Era, desenvolvida pelos chamados "Pais" da Igreja.

[11] Papias de Hierápolis, escritor cristão do século II.

palavras em hebraico; no ângulo noroeste da clausura havia uma cruz, feita com tinta dourada. Abaixo da planta havia algumas linhas em latim:

"Responsa 12 dec. 1694. Interrogatum est: Inveniamne? Responsum est: Invenies. Fiamne dives? Fies. Vivamne invidendus? Vives. Moriarne in lecto meo? Ita." (Respostas de 12 de dezembro de 1694. Perguntou-se: Devo encontrá-lo? Resposta: Deves. Ficarei rico? Ficarás. Serei invejado? Serás. Morrerei em meu leito? Morrerás.)

"Belo exemplar de estilo de caçadores de tesouro, quase me lembra o do cônego Quatremain, do romance Old St. Paul's,[12]"pensou Dennistoun, e virou a página. O que ele viu então o impressionou, como me contou depois, mais do que qualquer outro desenho ou ilustração poderia impressioná-lo. E, embora o desenho que viu não exista mais, há uma foto dele (em minha posse) que corrobora essa declaração. A figura em questão é um desenho em sépia do fim do século XVII, representando, alguém diria à primeira vista, uma cena bíblica, pois a arquitetura (o desenho focalizava um interior) e os personagens tinham aquele aspecto semiclássico que os artistas de duzentos anos atrás achavam apropriados para ilustrações da Bíblia. À direita havia um rei em seu trono, o qual estava acima de doze degraus e era coberto por um dossel, tendo a cada um dos lados um leão – tratava-se evidentemente do rei Salomão. Com um cetro na mão, em atitude de comando, estava curvado para a frente; sua face expressava horror e repulsa, mas ainda assim mostrava as marcas de uma vontade

[12] Trata-se de um romance de William Harrison Ainsworth, de 1841, hoje praticamente esquecido. Quatremain é um personagem que tenta encontrar um tesouro por meio da astrologia.

imperiosa e de uma inabalável confiança. Entretanto, o outro lado da pintura era mais surpreendente. A atenção do espectador geralmente se centrava ali. No chão, diante do trono, perfilavam-se quatro soldados, que cercavam um personagem agachado a ser descrito em breve. Um quinto soldado jazia morto no chão, com o pescoço torcido e os olhos esbugalhados. Os quatro guardas ao redor olhavam para o rei. Em suas faces, o sentimento de horror era enorme; de fato, só pareciam impossibilitados de fugir devido à sua implícita confiança em seu senhor. Todo esse terror provinha, evidentemente, daquela criatura agachada no meio deles. Pessoalmente, abro mão de descrever de que modo aquela figura impressionava quem quer que a olhasse. Lembro que uma vez mostrei a fotografia do desenho a um professor de morfologia – uma pessoa, devo dizer, excepcionalmente sã e nada dada a excessos de imaginação. Recusou-se a ficar sozinho pelo resto da noite e contou que, por muito tempo depois daquela ocasião, só dormia de luz acesa. Entretanto, posso pelo menos indicar os principais traços do personagem. Para começar, via-se uma massa de pelos negros, espessos e emaranhados, depois reparava-se que isso cobria um corpo de espantosa magreza, quase um esqueleto, embora os músculos aparecessem lembrando cordas. As mãos eram mortalmente pálidas, cobertas, como o corpo, dos pelos grossos, e com longas e horrorosas garras. Os olhos, revestidos de um amarelo flamejante, tinham as pupilas negras, que se dirigiam fixamente para o rei, com um ódio feroz. Imagine uma daquelas enormes aranhas caranguejeiras da América do Sul assumindo a forma humana, embora com uma inteligência pouco abaixo da de um homem, e você terá uma pálida ideia do terror que provocava aquela imagem terrível. Mas uma observação foi invariavelmente feita por todos a quem eu mostrei a figura:

– Houve um modelo real para ela.

Tão logo se recobrou do choque que aquilo lhe causou, Dennistoun olhou para seus anfitriões. O sacristão tinha o rosto enfiado entre as mãos. A filha olhava para a cruz na parede e parecia murmurar preces, fervorosamente. Afinal, a pergunta foi feita:

– Este livro está à venda?

Houve a mesma hesitação, a mesma falta de determinação que notara antes, depois veio a resposta:

– Se *monsieur* quiser...

– Quanto o senhor quer por ele?

– Duzentos e cinquenta francos.

Era surpreendente. Às vezes, até a consciência de um colecionador se comove e a de Dennistoun era bem mais generosa que a de um colecionador.

– Meu bom homem – disse, com franqueza. – Seu livro vale bem mais do que isso, eu lhe asseguro...

Mas a resposta permaneceu a mesma:

– Duzentos e cinquenta francos, nada mais.

Não havia como recusar uma oportunidade dessas. O dinheiro foi pago, um recibo assinado e um copo de vinho bebido para comemorar a transação. O sacristão parecia agora um novo homem. Ergueu as costas, parou de lançar olhares atrás de si, chegou até mesmo a rir. Dennistoun levantou-se para ir embora.

– Posso ter a honra de acompanhá-lo até o hotel? – perguntou o sacristão.

– Não, obrigado. Fica pertinho daqui. Conheço o caminho e há uma lua lá fora.

A oferta foi refeita três ou quatro vezes, mas todas elas recusadas.

– Mas peço que *monsieur* me chame se... se tiver necessidade. Vá pelo meio da rua, pois as beiradas são cheias de acidentes.

– Claro, claro – disse Dennistoun, impaciente para examinar sua aquisição, e avançou pelo caminho com o livro embaixo do braço.

Antes que se afastasse, a filha foi ao seu encontro. Aparentemente, queria fazer um pequeno negócio por conta própria; talvez, como Gehazi,[13] tomar do estrangeiro o dinheiro a mais que o pai tinha recusado.

– Um crucifixo de prata, com a correntinha, para seu pescoço... *Monsieur* teria bondade de aceitá-lo?

Bem, na verdade, Dennistoun não tinha muito uso para coisas desse tipo. Quanto *mademoiselle* queria por ela?

– Nada, de jeito nenhum. É um presente para *monsieur*.

O tom em que isso e muito mais foi dito era tão inconfundivelmente sincero que Dennistoun não pôde deixar de agradecer e deixar a corrente ser- lhe cingida ao pescoço. Parecia haver prestado um serviço ao pai e à filha, que os dois não sabiam como retribuir. Enquanto se afastava com seu livro, os dois continuavam diante da porta, olhando para ele. Continuavam olhando, quando lhes lançou um adeus das escadas do *Chapeau Rouge*.

Terminado o jantar, Dennistoun se trancou em seu quarto, a sós com a sua aquisição. A estalajadeira pareceu-lhe manifestar particular interesse nele, desde que lhe contou que fora à casa do sacristão e comprara um livro dele. Pensou, também, ter ouvido um rápido diálogo entre ela e o sacristão,

[13] Personagem bíblico do Velho Testamento (Segundo livro dos Reis) que tenta receber um pagamento que seu senhor havia recusado.

do lado de fora da sala de jantar. Fechou a conversação uma frase assim como "Pierre e Bertrand dormirão aqui"...

Em todo esse tempo, incomodava-o um crescente sentimento de desconforto – uma reação nervosa, talvez, após a excitação de sua descoberta. O que quer que fosse, transformou-se na convicção de haver alguma coisa atrás dele, de modo que se sentiria mais seguro se ficasse de costas para a parede. Claro que, no balanço das conquistas do dia, isso pesava pouco. Agora, como disse, estava sozinho em seu quarto, avaliando o tesouro do cônego Alberico, que a cada momento revelava um novo encanto.

– Bendito cônego Alberico – disse Dennistoun, que tinha o inveterado hábito de falar consigo mesmo. – Pergunto-me onde andará agora... Santo Deus! Espero que a hospedeira aprenda a rir de um modo mais contido. Nossa, até parece que há um fantasma na estalagem!... Devo fumar mais meio cachimbo, não é? Acho que sim. De quando será esse crucifixo que a garota deu para mim? Do século passado, suponho. Sim, provavelmente. Que coisa incômoda para se pendurar no pescoço! É tão pesado. Vai ver que seu pai o usou muitos anos. Acho que devo limpá-lo antes de guardar...

Tinha tirado o crucifixo e o colocara sobre a mesa quando sua atenção foi atraída por um objeto ao lado de seu cotovelo esquerdo. Por seu cérebro passaram duas ou três ideias do que aquilo poderia ser, cada uma mais rápido do que a outra.

– Um mata-borrão? Não há isso aqui no hotel. Um rato? Não, muito escuro. Uma aranhona? Espero em Deus que não. Meu Deus... Uma mão como aquela da gravura!

Espiou mais uma vez, depressa, com o canto dos olhos. A pele pálida de pergaminho, cobrindo ossos e tendões; os pelos grossos e escuros, maiores que todos já crescidos em uma mão humana, unhas imensas na ponta dos dedos, afiadas e curvas... Levantou-se da cadeira com um terror inconcebível. A forma, cuja mão esquerda estava sobre a mesa, debruçava-se sobre o assento da cadeira, com a mão direita erguida em sua direção. Estava enrolada em farrapos escuros, mas era a pelagem grossa que a cobria por inteiro. A mandíbula inferior era magra – como posso dizer? –, pontuda como a de um bicho. Os dentes estavam à mostra, por cima dos lábios negros. Não havia nariz. Os olhos eram amarelados, ressaltando as íris negras e intensas, nas quais brilhavam um ódio exaltado e uma avidez destrutiva, constituindo as feições mais tenebrosas da horrenda figura. Havia nelas alguma inteligência, inteligência superior à de uma fera, mas inferior à de um homem.

A natureza do horror que essa visão despertou em Dennistoun era a de um medo físico, combinado à mais profunda repugnância mental. O que ele fez? O que ele podia fazer? Nunca soube dizer as palavras exatas que empregou, sabe somente que falou, que se agarrou ao crucifixo de prata, que esteve consciente do avanço do demônio em sua direção, que gritou como um animal sentindo uma dor lancinante.

Pierre e Bertrand, os dois criados que acorreram em seu socorro, nada viram, mas sentiram que algo passou por eles quando abriram a porta e encontraram Dennistoun desmaiado no chão. Ficaram com ele o resto da noite. Na manhã seguinte, às dez horas, seus amigos chegaram a St. Bertrand. Dennistoun, ainda trêmulo e nervoso, estava se recuperando. Os dois só deram crédito a sua história depois de ver o desenho e falar com o sacristão. Este viera à estalagem, quase ao nascer do dia, sob um pretexto qualquer, e ouviu com o maior interesse a história, que lhe foi contada pela estalajadeira. Não se mostrou surpreso.

– É ele, é ele. Eu já o vi com meus olhos! – foi seu comentário.

A todas as outras perguntas, respondeu da mesma maneira:

– Duas vezes eu o vi, mais de mil vezes o senti.

Não disse nada sobre a origem do livro, nem nenhum detalhe sobre as suas experiências.

– Vou dormir logo mais e não quero que nada perturbe meu sono. Não quero saber de problemas.[14]

Nunca saberemos o que ele ou o cônego Alberico sofreram. No verso daquele funesto desenho, havia algumas linhas escritas, as quais pode-se supor lançar alguma luz na situação:

Contradictio Salomonis cum demonio nocturno.

Albericus de Mauleone delineavit.

V. Deus in auditorium. Ps. Qui habitat. Sancte Bertrande, demoniorum effugtor, intercede pro memiserrimo. Primum uidi nocte 12 dec. 1694: uidebo mox ultimum. Peccaui et passus sum,

Plura adhuc passurus. Dec. 29, 1701.[15]

[14] Ele morreu naquele verão; sua filha se casou e mudou-se para São Papoul. Disse que nunca entendeu as circunstâncias da "obsessão" de seu pai.

[15] A disputa de Salomão com um demônio da noite. Desenhado por Alberico de Mauléon. Versículo: Ó senhor acorrei em minha ajuda! Salmo: Quem habita (91). São Bertrand, que afugenta os demônios, ora por este infeliz. Vi-o pela primeira vez na noite de 12 de dezembro de 1694: logo devo vê-lo pela última vez. Sou pecador e sofredor. Devo sofrer ainda mais. Dez., 29, 1701. O "Gallia Christiana" (obra de referência histórica) traz a data da morte do cônego, 31 de dezembro de 1701, "de mal súbito, em seu leito", embora detalhes desse tipo não sejam comuns à obra.

Nunca soube qual a opinião de Dennistoun sobre os eventos que acabei de narrar. Em uma ocasião, ele citou uma passagem do Eclesiástico: "Há espíritos criados para a vingança e em seu furor reforçam seus flagelos". Noutra ocasião, disse:

– O profeta Isaías era um homem muito sensível; ele não disse algo sobre monstros noturnos que viviam nas ruínas da Babilônia? Essas coisas continuam a existir até os dias de hoje.

Outra confidência de Dennistoun me impressionou bastante e eu concordo com ela. Fomos no ano passado a Comminges, para ver o túmulo de Alberico. É uma grande construção de mármore, com um busto do cônego e um elaborado elogio no epitáfio. Escutei meu amigo conversando com o vigário de St. Bertrand e, quando nos afastamos, Dennistoun disse:

– Espero que isso não seja um erro... Você sabe que sou presbiteriano, mas encomendei uma missa pelo descanso do cônego Alberico.

Em seguida acrescentou, com seu sotaque do norte da Inglaterra:

– Não sabia que as missas faziam tão bem.

O livro cuja história contei se encontra hoje na coleção Wentworth, em Cambridge. O desenho foi fotografado e depois queimado por Dennistoun, no dia em que deixou Comminges, por ocasião de sua primeira visita.

O MONSTRO DE CINCO DEDOS

W.F. Harvey

A história, suponho, começa com Adrian Borlsover, que conheci quando eu era criança e ele, um velho. Meu pai o convidara a participar de um abaixo-assinado e, antes de ir embora, Mr. Borlsover pôs sua mão direita em minha cabeça, abençoando-me. Nunca esquecerei o temor com que olhei pela primeira vez o seu rosto, descobrindo que alguns olhos podem ser pretos, belos e brilhantes, mas mesmo assim não serem capazes de enxergar. Adrian Borlsover era cego.

Entretanto, era um homem extraordinário, que vinha de um ramo excêntrico da família. Os Borlsovers homens, por alguma razão, pareciam sempre se casar com mulheres muito comuns, o que contribuía para o fato de nenhum deles ter sido gênio e apenas um ter sido louco. Mas todos foram campeões de pequenas causas, por assim dizer, patrocinadores de ciências exóticas, fundadores de seitas esotéricas, confiáveis guias para as rotas mais incertas da erudição.

Adrian, por exemplo, era uma autoridade na fertilização de orquídeas. Vivia com a família na mansão de Borlsover Conyers, até que uma doença congênita dos pulmões o obrigou a procurar um clima menos rigoroso, em uma estação de águas do ensolarado sudoeste, onde o conheci. Lá, eventualmente, poderia dar alívio ao clero local, pois meu pai o descrevia como um ótimo pregador, que fazia longos e inspirados sermões a partir de textos que muitos homens considerariam inaproveitáveis. "Uma excelente prova", ele mesmo acrescentaria, "da verdade da doutrina da inspiração verbal direta."

Ainda antes de perder a visão, Adrian Borlsover era excepcionalmente ágil com as mãos. Sua habilidade com a pena era verdadeiramente extraordinária. Ilustrava todos os seus ensaios científicos, fazia suas próprias xilogravuras, e esculpiu o altar que se tornou o centro das atenções na capela de Borlsover Conyers. Era hábil, sobretudo, em recortar silhuetas de papel para jovens damas ou ainda porcos e vacas para crianças, sem falar na elaboração de flautas e instrumentos de sopro.

Ao completar cinquenta anos, contudo, perdeu a visão. Em um tempo impressionantemente breve, adaptou-se às suas novas condições de vida. Rapidamente aprendeu a ler em braille. Tão maravilhoso era o seu sentido do tato, que continuou apto a manter seu interesse em botânica. Conseguia identificar uma flor somente passando a ponta dos dedos sobre ela, embora às vezes também usasse os lábios. Encontrei muitas cartas dele entre a correspondência de meu pai; por nenhuma delas se podia supor que o autor fosse um cego, e isso mesmo considerando o espaço excepcionalmente pequeno que deixava para as entrelinhas. Perto do fim da vida, Andrian Borlsover apresentava uma habilidade tátil quase sobrenatural. Dizia-se que era capaz de dizer a cor de uma fita que lhe fosse colocada entre os dedos. Meu pai nunca confirmou nem negou essa história.

Adrian Borlsover era um solteirão. Seu irmão mais velho, Charles, se casou tarde, deixando um filho, Eustace, que vivia na sombria mansão georgiana de Borlsover Conyers, onde podia trabalhar sem ser importunado na coleta de material para seu grande livro sobre hereditariedade. Como seu tio, ele era um homem notável. Os Borlsovers eram naturalistas de nascença, mas Eustace possuía uma capacidade única de sistematizar seus conhecimentos. Tinha cursado a universidade na Alemanha e, depois de se pós-graduar em Viena e em Nápoles, trabalhou na América do Sul e no Oriente, tendo coletado nos dois lugares material para um novo estudo sobre os processos da variação genética. Vivia a sós em Borlsover Conyers, com Saunders, seu secretário, homem de reputação duvidosa, mas cujas capacidades matemáticas, combinada com sua habilidade nos negócios, tinham valor inestimável para Eustace.

Tio e sobrinho se viam muito pouco. As visitas de Eustace se limitavam a uma semana no verão ou no outono – tediosas semanas que se arrastavam tão lentamente quanto a cadeira em que o velho era conduzido para o banho de sol na praia. À sua maneira, os dois se gostavam, conquanto a intimidade entre ambos, inquestionavelmente, tivesse sido maior caso compartilhassem o mesmo ponto de vista religioso. Adrian professava os dogmas evangélicos tradicionais que aprendera em sua juventude; seu sobrinho durante muitos anos pensou em converter-se ao budismo. Ambos os homens apresentavam também uma reticência típica dos Borlsovers, à qual os inimigos chamavam de hipocrisia. Quanto a Adrian, essa reticência se referia às coisas que deixara por fazer; já em relação a Eustace, a cortina que insistia em manter fechada se referia aparentemente a questões íntimas...

Dois anos antes de morrer, Adrian Borlsover desenvolveu, sem que fosse de seu conhecimento, a capacidade não de todo incomum da escrita automática. Eustace descobriu isso por acidente. O tio estava sentado na cama, lendo com os dedos da mão esquerda uma linha de caracteres braille, quando seu sobrinho notou que a caneta que o homem segurava com a direita movia-se lentamente na página oposta. O sobrinho deixou sua cadeira na janela e se aproximou da cama. A mão direita do tio continuava a se movimentar e o outro pôde ver que estava formando letras e palavras.

"Adrian Borlsover", escreveu a mão, "Eustace Borlsover, Charles Borlsover, Francis Borlsover, Sigismund Borlsover, Andrian Borlsover, Eustace Borlsover, Saville Borlsover, B de Borlsover. Honestidade é a melhor política. Bela Belinda Borlsover."

"Curioso, mas sem sentido", pensou Eustace consigo mesmo.

"O rei Jorge subiu ao trono em 1760", escreveu a mão. "Turba, um nome para multidão; um agrupamento de indivíduos. Adrian Borlsover, Eustace Borlsover."

– Creio que você faria melhor – disse-lhe o tio, fechando o livro – se fosse aproveitar o fim da tarde em uma caminhada.

– Acho que sim – respondeu o sobrinho, pegando o volume. – Mas não irei muito longe e, quando voltar, posso ler para o senhor aqueles artigos da *Nature* de que estávamos falando.

Eustace saiu da casa, mas parou no primeiro abrigo disponível. Sentando-se em um canto protegido do vento, examinou detalhadamente o livro do tio. Praticamente todas as páginas estavam repletas de inscrições a caneta; séries de letras maiúsculas, palavras curtas e longas, frases completas. Pareciam as páginas de uma caderno de caligrafia. Olhando com mais atenção, Eustace considerou haver uma clara evidência de que a caligrafia no começo do livro, por melhor que fosse, ainda não era tão boa quanto a do final.

O sobrinho deixou o tio em outubro, prometendo voltar no começo de dezembro. Estava certo de que o poder de escrita automática do velho estava se desenvolvendo rapidamente e, pela primeira vez, ficou ansioso para a sua próxima vinda à casa do tio. Entretanto, ao retornar, ficou desapontado. O tio, ele pensou, parecia muito velho. Estava também apático, preferindo que os outros lessem para ele e ditando suas cartas. Somente um dia antes de ir embora Eustace teve oportunidade de observar a nova habilidade de Adrian.

O velho estava reclinado sobre travesseiros na cama e havia caído no sono. As mãos jaziam em cima da colcha, a esquerda segurando firmemente a direita. Eustace trouxe um caderno e deixou uma caneta ao alcance dos dedos da mão direita, que a agarraram, balançando-a para se livrar do aperto da mão esquerda.

"Talvez seja melhor segurar a esquerda para evitar sua interferência", pensou Eustace, mas não teve tempo de fazê-lo, pois a outra mão começou a escrever imediatamente.

"Desajeitado Borlsover, desnecessariamente deselegante, extraordinariamente excêntrico, estranhamente culpado."

– Quem é você? – perguntou Eustace em voz baixa.

"Não é da sua conta" – escreveu a mão de Adrian.

– É meu tio quem está escrevendo?

"Haja adivinhação, meu tio!"

– É alguém que eu conheço?

"Pobre Eustace, você logo me verá."

– Quando eu vou vê-lo?"

"Quando o velho Adrian morrer."

– Onde eu o verei?

"Onde você não me verá?"

Em vez de falar, Eustace escreveu sua próxima questão:

"Quando?"

Os dedos balançaram a caneta, deslizando com ela pelo papel três ou quatro vezes. Depois, segurando-a com firmeza, escreveram:

"Dez minutos para as quatro. Largue o livro, Eustace. Adrian não deve nos pegar assim. Ele não saberia o que fazer com isso e eu não quero que o bom e velho Adrian se aborreça. *Au revoir*!"

Adrian Borlsover acordou em seguida.

– Estava sonhando de novo – disse. – Sonhos tão estranhos com cidades perdidas e aldeias esquecidas. Você estava nesse último, Eustace, mas não me lembro como... Eustace, eu gostaria de aconselhá-lo. Cuidado com os caminhos duvidosos. Escolha bem suas amizades. Seu pobre avô...

Um acesso de tosse o fez calar, mas o sobrinho viu que a mão ainda estava escrevendo. Conseguiu pegar o caderno sem ser percebido.

– Vou ligar o gás – disse – e pedir o chá.

Ao deixar o quarto, viu as últimas sentenças escritas.

"É tarde demais, Adrian" – leu. "Ainda somos amigos, não é, Eustace Borlsover?"

No dia seguinte Eustace partiu. Achou que o tio parecia doente ao dizer-lhe adeus. O velho lhe falou desanimado sobre o fracasso que sua vida tinha sido.

– Bobagem, tio! – disse o sobrinho. – O senhor enfrentou suas dificuldades de um modo que cem mil pessoas não fariam. Todo mundo se admira da fantástica perseverança com que aprendeu a substituir os olhos pelas mãos. Para mim, isso foi uma revelação quanto à nossa capacidade de aprendizado.

– Aprendizado... – disse o tio, sonhador, como se a palavra lhe evocasse uma nova linha de raciocínio. – Aprendizado é bom quando se sabe a quem e para que se destina. Para gente baixa, de espírito imediatista e sórdido, tenho grandes dúvidas quanto aos resultados do ensino... Bem, até logo, Eustace. Talvez não nos vejamos de novo. Você é um verdadeiro Borlsover, com todos os defeitos de um. Case-se, Eustace. Case-se com uma moça boa e sensível. Se por acaso não nos falarmos de novo, meu testamento está com meu advogado. Não lhe deixei muita coisa, porque você não precisa, mas acho que gostará de ficar com meus livros. Ah, mais uma coisa: você sabe que quando se chega perto do fim, a gente às vezes perde o controle sobre si mesmo e faz pedidos absurdos. Não dê ouvidos a eles, Eustace. Adeus.

Estendeu sua mão. Eustace segurou-a. Ficaram assim por apenas uma fração de segundos, mas o sobrinho se surpreendeu ante a força viril com que a mão do tio apertou a sua. Havia, além disso, alguma coisa de ameaçador no toque dele.

– Tio – disse, afinal. – Espero vê-lo vivo e bem por muitos anos ainda.

Dois meses depois Adrian Borlsover morreu.

Eustace, nessa ocasião, estava em Nápoles. Leu o obituário no jornal *Morning Post* no dia marcado para o funeral.

– Ah, meu velho tio! – ruminou consigo. – Fico pensando onde vou arrumar espaço para todos os seus livros.

A dúvida lhe ocorreu novamente, e com mais força, três dias depois, quando se encontrava na biblioteca de Borlsover Conyers, um grande salão construído para ser funcional, não bonito, no ano da batalha de Waterloo, por um Borlsover que era fervoroso admirador de Napoleão. Seguia o padrão de inúmeras bibliotecas universitárias, com altas prateleiras de livros formando corredores de empoeirado silêncio, túmulos de velhas polêmicas, bem como de paixões mortas e esquecidas. No fundo da sala, atrás do busto de alguma desconhecida celebridade do século XVIII, uma horrorosa escada em espiral conduzia para outra galeria de prateleiras. Quase todas as estantes estavam cheias.

"Preciso falar com Saunders sobre isso", pensou Eustace. "Imagino que teremos de encher o salão de bilhar com prateleiras."

Os dois homens se encontram na sala de jantar naquela mesma noite, pela primeira vez depois de muitas semanas.

– Alô – cumprimentou Eustace, que estava de pé diante da lareira, com as mãos no bolso. – Como vão as coisas, Saunders? Por que esse traje formal?

Ao contrário do amigo, Eustace trajava uma jaqueta informal. Não era dado ao luto, como havia dito ao tio em sua última visita, e, embora usasse normalmente gravatas de cores discretas, nessa noite estava com uma de um vermelho pavoroso, para chocar Morton, o mordomo, e fazê-lo esquecer essa história de luto. Eustace era de fato um Borlsover.

– As coisas vão como sempre e bem devagar, por sinal – respondeu Saunders. – A roupa é por conta do convite para um jogo de *bridge* com o capitão Lockwood.

– Como você pretende chegar lá?

– O carro está com algum problema, de modo que pedi ao Jackson para me levar com a charrete. Alguma objeção?

– De jeito nenhum! Compartilhamos as nossas coisas há muito tempo para eu começar a fazer objeções agora.

– Sua correspondência está na biblioteca – prosseguiu Saunders. – Olhei a maior parte dela. Há algumas cartas pessoais que não abri. Há também uma caixa que chegou pelo correio, com um rato ou sei lá o quê dentro dela. Talvez seja algum bicho de seis dedos que Terry está mandando para cruzarmos com o de quatro, albino. Não abri porque não queria me sujar, mas garanto que está faminto, pelo jeito com que se mexia.

– Pode deixar que eu cuido disso – disse Eustace. – Enquanto você e o capitão ganham uns honestos trocados.

Terminado o jantar e partido Saunders, Eustace foi para a biblioteca. Apesar do fogo na lareira, a sala não estava de modo algum aquecida.

– Vou deixar todas as luzes acesas – disse ele, apertando os interruptores. – Ah, Morton – acrescentou, quando o mordomo lhe trouxe café –, me arrume uma chave de fenda ou algo assim para abrir esta caixa. Seja qual for o animal aí dentro, parece desesperado para sair. Que foi? O que você está esperando?

– Desculpe, senhor, quando o carteiro trouxe essa caixa, disse que fizeram buracos na tampa, no correio. Não havia fendas por onde respirar e não queriam que o bicho morresse. Isso é tudo.

– A culpa é do remetente, seja ele quem for – disse Eustace, pouco depois, enquanto removia os parafusos. – Embalar um animal numa caixa de madeira como essa sem buracos para a respiração! Droga! Devia ter pedido ao Morton que me trouxesse uma gaiola para colocá-lo. Agora, eu mesmo vou ter de procurar uma!

Colocou um livro bem pesado sobre a tampa da caixa da qual retirara os parafusos e foi para o salão de bilhar. Quando voltou à biblioteca com uma gaiola vazia nas mãos, escutou o barulho de algo caindo e, em seguida, o de alguma coisa rastejando pelo chão.

– Droga! O bicho escapou! Como vou encontrá-lo nessa biblioteca?

Realmente, procurá-lo ali era um trabalho inglório. Tentou seguir o som dos rastejos em um dos corredores, onde o animal parecia galopar por trás dos livros nas estantes, mas foi impossível localizá-lo. Eustace resolveu se sentar e ficar lendo em silêncio. Provavelmente, o bicho ganharia confiança e daria as caras. Com seu costumeiro modo metódico, Saunders tinha organizado a correspondência, mas havia as cartas particulares a serem lidas.

Mas o que foi isso? Dois cliques bruscos e as luzes nos candelabros que pendiam do teto repentinamente se apagaram.

– Será que foi um fusível? – perguntou-se Eustace, depois de se aproximar dos interruptores ao lado da porta. Então, parou e ouviu um barulho do outro lado da sala, como se alguma coisa escalasse os degraus de aço da escada em espiral.

– Melhor que ele tenha ido para a galeria – falou, acendendo as luzes para atravessar a sala e subir as escadas que para lá conduziam.

Mas não viu nada ali. Seu avô havia colocado um portãozinho no topo da escada, de modo que as crianças pudessem correr na galeria sem medo de um acidente. Eustace fechou-o e, tendo diminuído consideravelmente o círculo de suas buscas, retornou para sua mesa perto da lareira.

Como a biblioteca era sombria! Nada havia que a tornasse aconchegante, muito menos os poucos bustos que um Borlsover do século XVIII havia trazido para lá depois de uma grande viagem pela Europa. Os objetos pareciam totalmente deslocados ali. Faziam a sala parecer fria, a despeito das grandes cortinas de damasco vermelho, com cornijas douradas.

Com um baque surdo, caíram das estantes sobre o chão dois livros pesados. Borlsover olhou e viu cair outro e depois mais outro.

– Muito bem, danado! Vou matar você de fome por isso! – disse para o animal. – Vamos fazer um pequeno experimento sobre a privação de água no metabolismo dos ratos. Vá em frente! Derrube mais uns!

Voltou-se novamente para sua correspondência. A carta era do advogado da família. Falava sobre a morte de seu tio e da valiosa coleção de livros que lhe fora legada no testamento.

"Havia uma cláusula", leu, "que certamente me surpreendeu. Como você sabe, Adrian Borlsover tinha deixado instruções para ser enterrado da maneira mais simples, em Eastbourne. Expressou o desejo de não querer coroas nem flores de qualquer espécie, nem que seus amigos e familiares achassem necessário usar luto. Um dia antes de sua morte, recebemos uma carta cancelando essas instruções. Ele queria, agora, que seu corpo fosse embalsamado (deu-nos o endereço do profissional para fazê-lo, em Pennifer, Ludgate Hill), sendo que sua mão direita deveria ser cortada e enviada para você. Deixou claro que isso tinha sido um pedido especial seu. Os outros arranjos para o funeral permaneceram inalterados."

– Santo Deus! – exclamou. – O que estava passando na cabeça de meu tio?! O que significa isso, em nome de tudo que é sagrado?!

Havia alguém na galeria. Alguém puxara a corda de uma das persianas, que se abrira com um baque. Só podia haver alguém na galeria, pois uma segunda persiana fez o mesmo. Só podia haver alguém andando ao redor da galeria, pois todas as persianas se abriram, uma após as outras, deixando o luar entrar.

– Não dei minha última palavra nessa história – asseverou Eustace –, mas vou dar antes que a noite acabe! – e ele correu para a escada em espiral.

Mal chegara ao topo, as luzes se apagaram mais uma vez e escutou de novo o rastejar no chão. Rapidamente deslizou na ponta dos pés na direção do ruído, à luz do luar, procurando um interruptor ao chegar à porta, de onde, com uma das mãos na maçaneta, acendeu as luzes.

Cerca de dez metros na frente dele, caminhando no chão, havia uma mão humana. Eustace olhou para ela completamente embasbacado. Movia-se lentamente à maneira de uma lagarta, os dedos se expandindo e contraindo para caminhar. O polegar dava à coisa a aparência de um caranguejo. Enquanto o homem olhava, perplexo demais para se mexer, a mão desapareceu atrás de uma prateleira. Eustace correu para lá. Não viu mais nada, mas podia ouvir a coisa, abrindo seu caminho entre os livros de uma prateleira e deslocando um volume dos mais pesados.

Havia um buraco entre os livros alinhados na prateleira, por onde a coisa entrou. Em seu temor de deixá-la escapar outra vez, Eustace pegou o primeiro livro que encontrou e tampou o buraco com ele. Então, esvaziando duas prateleiras, pegou as tábuas e colocou-as no lugar, de modo a fazer uma barreira duplamente segura.

– Queria que Saunders estivesse de volta – falou. – Não dá para enfrentar essa coisa sozinho.

Eram quase onze horas e o amigo provavelmente retornaria antes da meia-noite. Não ousava afastar seus olhos da prateleira, nem para descer a escada e tocar a campainha. Morton, o mordomo, geralmente vinha até ali por volta das onze para ver se as janelas estavam fechadas, mas podia não vir. Eustace sentia-se confuso e desanimado. Afinal, ouviu passos lá embaixo.

– Morton – gritou. – Morton!

– Senhor?

– Mr. Saunders ainda não voltou?

– Ainda não, senhor.

– Traga um pouco de conhaque. E rápido! Estou aqui na galeria, seu paspalho!

Ao esvaziar o copo, pouco tempo depois, Eustace agradeceu e pediu:

– Obrigado. Não vá para a cama ainda, Morton. Há muitos livros que acidentalmente caíram das estantes. Coloque-os de volta no lugar.

Morton nunca vira Borlsover tão falante quanto naquela noite.

– Aqui – disse o patrão, após os livros serem desempoeirados e postos no lugar. – Segure essas tábuas para mim, Morton. O bicho que veio naquela caixa conseguiu escapar e eu o estou caçando por toda parte.

– Acho que posso ouvi-lo arranhando alguns livros, senhor. Espero que não sejam de valor... Acho que a charrete voltou. Vou descer e chamar Mr. Saunders.

– Que bagunça é essa? – perguntou Saunders, aproximando-se com as mãos nos bolsos. A sorte o acompanhara a noite toda. Estava satisfeito da vida, consigo e com o bom gosto do capitão Lockwood em relação a vinhos. – O que aconteceu? Você parece desolado.

– O demônio de um tio... – começou Eustace. – Bem, não dá para explicar agora. Foi a mão dele que ficou brincando de pegador comigo a noite inteira. Mas eu a cerquei com esses livros. Você precisa me ajudar a capturá-la.

– O que está acontecendo, Eustace? Que brincadeira é essa?

– Não é brincadeira, seu idiota! Se você não acredita em mim, tire um desses livros daqui e coloque sua mão lá dentro.

– Tudo bem, mas deixe-me pelo menos arregaçar a manga. Há poeira de mais de um século aí – ele tirou o casaco, ajoelhou-se e enfiou o braço pela estante.

– Ai! Tem alguma coisa aqui! – exclamou. – Que formato esquisito! Seja o que for, belisca como um caranguejo. Ei, o que é isso?! (Retirou bruscamente sua mão.) Coloca o livro, rápido! Isso! Senão vai escapar.

– No que você pegou? – perguntou Eustace.

– Em alguma coisa que estava louca para me agarrar. Senti alguma coisa que parecia um polegar e um indicador. Me dá um gole de conhaque.

– Como é que a gente vai tirar isso daí?

– Que tal uma rede?

– Acho que não. Ela é bem esperta. Olha, Saunders, essa coisa se arrasta pelo chão muito mais rápido do que eu ando... Mas acho que sei como administrar isso. Temos dois livros grossos no começo e no fim da prateleira, junto da parede. Os do meio são mais finos. Eu vou tirando esses do meio, enquanto você empurra o da ponta até espremer essa coisa no canto.

Parecia um bom plano. Um a um, Eustace foi tirando os livros e o outro, empurrando o da ponta cada vez mais. Saunders podia sentir que havia algo vivo ali. Às vezes, viram dedos aparecendo, em busca de uma rota de escape. Afinal, conseguiram prender a coisa entre os dois livrões.

– É uma coisa com músculos, se não é uma coisa de carne e osso – concluiu Saunders, enquanto os dois seguravam a coisa presa entre os dois livros. – Parece ser uma mão direita... Imagino que sejamos vítimas de uma alucinação coletiva. Já li sobre casos assim...

– Alucinação coletiva o diabo! – explodiu Eustace, furioso. – Vamos levar a coisa lá para baixo e colocá-la de volta na caixa.

Não foi fácil, mas, afinal, os dois conseguiram.

– Coloque os parafusos – instruiu Eustace. – Não vamos correr riscos. Deixe a caixa na gaveta da minha escrivaninha. Não há nada de importante dentro dela. Vamos trancá-la com a chave, que graças a Deus está funcionando bem.

– Que noite agradável – avaliou Saunders, com ironia. – Agora, que tal você me falar sobre o seu tio?

Os dois permaneceram sentados até de manhã. Saunders tinha perdido o sono. Eustace estava tentando explicar e esquecer, esconder dele mesmo um medo que nunca sentira antes – o medo de andar sozinho pelo corredor do seu próprio quarto.

– Seja o que for – disse Eustace a Saunders, na manhã seguinte –, vamos deixar isso de lado, por enquanto. Nada nos prende aqui pelos próximos dez dias. Vamos para o campo, caminhar nas montanhas...

– Isso! E ficar isolados o dia inteiro, para à noite, morrer de tédio. Muito obrigado, estou fora. Vamos fugir para Londres. Aliás, fugir seria a palavra certa em nosso caso, não é? Porque estamos apavorados... Nada disso, Eustace! Vamos dar outra olhada nessa mão.

– Como quiser – resignou-se Eustace. – Eis a chave.

Os dois subiram para a biblioteca e abriram a escrivaninha. A caixa estava exatamente como deixaram na noite anterior.

– O que você está esperando? – quis saber Eustace.

– Estou esperando você tomar coragem e abrir a tampa, mas já que está morrendo de medo, deixa comigo. Ela parece estar bem quietinha agora de manhã.

Saunders abriu a tampa e pegou a mão.

– Fria? – perguntou Eustace.

– Morna. É como se circulasse sangue dentro dela, que é macia e flexível como... Não parece embalsamada, ou é um tipo de embalsamamento como eu nunca vi. É a mão do seu tio?

– Com certeza – afirmou Eustace. – Reconheceria esses dedos longos em qualquer lugar. Ponha-a na caixa, Saunders. Não ponha os parafusos. Vou trancar a gaveta, de modo que essa coisa não vai ter como escapar. Vamos passar a semana em Londres. Se sairmos logo depois do almoço, estaremos em Grantham ou Stamford pela noite.

– Está bem – concordou Saunders. – Amanhã já devemos ter esquecido essa coisa horrível.

Se não esqueceram, ao menos dispuseram uma boa história de mistério para contar aos amigos naquele final da semana, que era o de Halloween.

– O senhor não quer que a gente leve isso a sério, não é, Mr. Borlsover? Que história!

– Pois eu juro por Deus! E o Saunders será capaz de jurar também, não é, querido?

– Juro por Deus e por todos os santos – confirmou Saunders. – Era uma mão comprida e ossuda, que agarrou minha mão assim.

– Nossa! Saunders! – exclamou o interlocutor. – Que medo! Agora conta mais uma. Outra história de terror legal como essa.

No dia seguinte, ao jogar sobre a mesa a carta que tinha acabado de ler, Eustace disse para Saunders:

– Que droga! Mas isso é da sua alçada. Mrs. Merrit, se eu entendi, está nos dando o aviso prévio.

– Não é possível – replicou Saunders. – Mrs. Merrit não ia fazer uma coisa dessas conosco. Deixe eu ler isso aqui.

"Prezado senhor Borlsover,

Informo que estou lhe dando meu aviso prévio, a contar de terça-feira, dia 13. Já fazia tempo que eu vinha achando a casa muito grande para mim, mas agora que Jane Parfit e Emma Laidlaw foram embora sem mais nem menos, deixando as outras empregadas apavoradas, a ponto de nenhuma delas limpar um quarto sozinha ou andar pelos corredores, com medo de pisar em um bicho ou de ouvi-lo correr pelos cantos a noite toda, acho que chegou a minha hora. Então, solicito que o senhor arranje outra governanta, que não faça objeção a casas enormes e desertas, que certas pessoas dizem ser –não que eu acredite, pois sou uma protestante convicta – assombradas!

Atenciosamente,

Elizabeth Merrit

P.S. Agradeço se mandar lembranças minhas a Mr. Saunders. Espero que ele não ande muito resfriado."

– Saunders – prosseguiu Eustace –, você sempre soube lidar muito bem com os criados. Espero que não deixe Mrs. Merrit ir embora.

– Claro que não – respondeu o amigo. – Isso é conversa fiada. Provavelmente, está querendo um aumento. Vou escrever para ela logo mais.

– Nada disso, é melhor falar pessoalmente. Já basta de cidade grande. Vamos voltar para casa amanhã e você apaga esse incêndio.

– Está certo. Pode deixar que eu cuido de Mrs. Merrit.

Mas Mrs. Merrit estava mais decidida do que Saunders podia imaginar. Ela ficou muito triste de saber do resfriado e de ouvir que ele passou a noite tossindo, muito triste mesmo. A governanta trataria de mudá-lo de quarto, levando-o para a ala sul, mais arejada, e lhe serviria chá com limão antes de dormir. Mas lamentava continuar decidida a ir embora no fim do mês.

– Insista no aumento de salário – foi o palpite de Eustace.

Não adiantou. Mrs. Merrit estava decidida, mas conhecia uma certa Mrs. Goddard, ex-governanta de Lord Gargrave, que certamente viria trabalhar ali pelo salário oferecido.

– O que acontece com os criados, Morton? – quis saber Eustace naquela noite, quando o mordomo trouxe o café à biblioteca. – Que história é essa de Mrs. Merrit querer ir embora?

– Bem, na verdade, eu ia mesmo falar sobre isso, senhor. Tenho que fazer uma confissão. Quando encontrei o seu bilhete, pedindo-me para abrir a escrivaninha e tirar a caixa com o rato, forcei a fechadura, como o senhor falou, e fiquei muito contente de fazê-lo, pois podia ouvir o bicho fazendo um barulhão dentro da caixa e achei que estava faminto. Então levei a caixa para fora, arrumei uma gaiola e ia transferir o bicho, quando ele escapou.

– Do que você está falando? Não escrevi bilhete nenhum!

– Lamento, senhor, mas encontrei o bilhete aqui no chão no dia que o senhor e Mr. Saunders partiram. Está aqui no meu bolso.

Com certeza, a caligrafia no bilhete era idêntica à de Eustace. O texto fora escrito à caneta e começava de modo meio abrupto:

"Pegue um martelo, Morton, ou outra ferramenta, quebre a fechadura da velha escrivaninha na biblioteca. Tire a caixa dentro dela. Não precisa fazer mais nada. A tampa já está aberta.

Eustace Borlsover."

– E você abriu a escrivaninha?

– Sim, senhor. E eu estava preparando a gaiola quando o bicho escapou.

– Que bicho?

– O bicho na caixa, senhor.

– Que bicho ele parecia?

– Bem, senhor, não saberia dizer ao certo – respondeu Morton, nervoso. – Eu estava de costas e a sala, meio escura...

– De que cor era? – perguntou Saunders. – Preto?

– Acho que era meio cinza. Correu de um jeito esquisito. Parece que não tinha rabo.

– E o que você fez, então?

– Tentei pegar o bicho, mas não houve jeito. Daí, espalhei umas ratoeiras e fechei a biblioteca. Então, Emma deixou a porta aberta, enquanto fazia a faxina, e o bicho deve ter escapado.

– E você acha que é ele que está assustando as criadas?

– Bem, senhor, não sei ao certo. Elas dizem que viram – sinto muito, senhor... – uma mão. Emma tropeçou nela no começo da escadaria. Pensou que era um sapo, mas branco... Depois, Jane estava lavando louças na cozinha. Já era quase de noite, ela estava distraída, mas quando tirou as mãos da água e ia enxugá-las, notou que estava enxugando uma outra mão, só que muito mais fria do que as dela...

– Que disparate! – exclamou Saunders.

– Foi exatamente o que eu disse a ela, senhor, mas não houve como fazê-la continuar aqui.

– E você? Acredita nisso? – inqueriu Eustace, encarando o mordomo.

– Eu, senhor? Eu não vi nada.

– Não ouviu nada?

– Bem, se o senhor quer saber, as campainhas têm tocado em horas estranhas e nunca há ninguém quando a gente atende. E na hora de fechar as persianas à noite, às vezes, alguém já fez isso. Mas, como eu disse a Mrs. Merrit, um macaco é capaz de fazer coisas prodigiosas. E todos sabemos dos animais exóticos que Mr. Borlsover traz para cá.

– Muito bem, Morton.

– Cadê o bilhete? – perguntou Saunders para Eustace, quando os dois ficaram a sós.

– Aqui. Está vendo? Não uso esse papel de cartas faz muitos anos, mas ainda havia algumas folhas na gaveta da escrivaninha. A gente não tinha fechado a tampa da caixa quando pôs a coisa lá dentro. Ela saiu da caixa, pegou uma caneta, escreveu isso e jogou pela fresta no chão, onde Morton o encontrou. Isso é claro como a luz do dia.

– Mas essa mão não poderia escrever!

– Não poderia? Você não viu as coisas que eu vi – replicou, contando a Saunders sobre a escrita automática do tio.

– Bem – disse o amigo. – Então pelo menos temos uma explicação sobre a mudança no testamento. Foi a mão quem a escreveu e enviou ao advogado, sem seu tio saber. Adrian Borlsover não teve nada com isso. Seu tio nem imaginava a história da escrita automática.

– Mas se não é meu tio, o que é isso?

– Suponho que algumas pessoas diriam tratar-se de um espírito desencarnado, que se encostou no seu tio em busca de um novo corpo. Agora, ele está nesse "corpo" que está solto por aí.

– Bem, e o que nós vamos fazer?

– Vamos ficar com os olhos bem abertos – sugeriu Saunders. – E tentar capturá-lo. Se não conseguirmos, vamos dar tempo ao tempo. Essa mão é feita de carne e osso e não pode durar para sempre.

Por dois dias, nada de novo aconteceu. Então, Saunders viu a mão se esgueirando pela soleira do hall. O homem estava desprevenido e demorou a se dar conta de que podia pegá-la, de modo que a coisa escapou. Três dias depois, Eustace, que estava na biblioteca sozinho, escrevendo, viu a mão pousada em um livro aberto, no lado oposto da sala. Os dedos deslizavam pelas páginas como se ela estivesse lendo, mas antes que o homem conseguisse se levantar da cadeira, a mão percebeu o movimento e escapuliu, pulando para uma cortina. Eustace a viu deslizar pelo cós do tecido, segurando-se com o polegar e três dedos, mas mantendo o indicador apontado para ele, num gesto de desdenhosa derrisão.

– Já sei o que fazer – disse para si mesmo. – Dar um jeito de levá-la para fora e soltar os cachorros em seu encalço.

Falou com Saunders sobre isso.

– Ótima ideia! – o amigo concordou. – Mas a gente não precisa esperar que ela saia lá fora. Vamos trazer os cães aqui. Temos dois *terriers* e o mestiço irlandês, que não deixa passar nem um ratinho. Só vamos deixar de lado o seu *spaniel*, que não é chegado nesse tipo de brincadeiras.

Trouxeram os cães para dentro da mansão, para desespero de Morton, que os viu destruir um par de chinelos. Mas os três cachorros eram bem-vindos, afinal, pois até mesmo uma falsa sensação de segurança é melhor do que nada.

Por duas semanas, nenhuma novidade. Finalmente, a mão foi capturada, não pelos cães, mas por Peter, o papagaio de Mrs. Merrit. Certa ocasião, o pássaro tinha conseguido remover da gaiola a caixa na qual ficavam seu alpiste e a água, de modo a escapar pelo vão que se formou no lado da grade. Uma vez em liberdade, não quis saber de voltar para a gaiola. Agora, depois de seis semanas de cativeiro, Peter tinha descoberto um novo caminho de fuga e estava feliz da vida, explorando as florestas estampadas nas cortinas da sala e cantando canções em comemoração à liberdade.

– Não há jeito de pegá-lo – afirmou Eustace para Mrs. Merrit, que chegou à sala no meio da tarde, com uma escada debaixo do braço, pois o papagaio se aninhara na guarnição dos trilhos da cortina. – É melhor deixar o papagaio preso nessa sala. Sem comida, ele vai se render, Mrs. Merrit. Mas não vá deixar banana ou alpiste por aí, à disposição dele, com esse seu coração mole.

– Está certo, senhor. Agora Peter está mesmo fora de alcance. Então, se o senhor não se incomoda, feche a porta quando sair. Eu volto mais tarde, com a gaiola e um pedaço de carne dentro dela. Ele é louquinho por carne. O senhor sabe que...

– Pode deixar! – cortou Eustace, sem desviar os olhos de sua escrita. – Quando terminar, eu saio e fecho a porta. E fique esperta quanto ao pássaro!

Por um breve período, a sala ficou em silêncio. Então:

– Coça a cabecinha do Peter – falou o papagaio, com sua voz estridente. – Coça a cabecinha do Peter!

– Cala a boca, papagaio idiota!

A ave continuou:

– Coitado do Peter! Coça a cabecinha do Peter!

– Eu vou é arrancar o seu bico, se eu conseguir segurá-lo – rugiu Eustace e olhou para o trilho da cortina, onde viu a mão segurando-se com três dedos enquanto coçava a cabeça do papagaio com o indicador.

Eustace tocou a campainha e correu para a janela, fechando-a aos trancos. Assustado com o barulho, o papagaio bateu asas, preparando-se para voar. Quando saiu voando, a mão agarrou-se nele pela garganta. Ouviu-se um grito esganiçado de Peter, enquanto ele esvoaçava no meio da sala em círculos descendentes, incapaz de manter-se no ar devido ao peso extra. Os dois vieram ao solo, afinal. Eustace viu penas e dedos rolando sobre o chão em uma terrível confusão, que cessou alguns instantes depois com um estrondoso gorgolejo, quando o polegar e o indicador apertaram a garganta do papagaio, até fazer seus olhos saltarem das órbitas. Antes que os dedos soltassem sua presa, porém, os dedos de Eustace o agarraram.

– Chame Mr. Saunders aqui! – gritou Eustace para a criada que atendera a campainha. – Quero ele aqui imediatamente.

Então, caminhou em direção à lareira, segurando a mão morta-viva. Havia um corte profundo onde o bico do papagaio a agarrara, mas não saía sangue da ferida. As unhas também, o homem reparou com nojo, estavam crescidas e sujas.

– Vou queimar essa coisa demoníaca – Eustace declarou.

Mas não conseguiu queimá-la. Tentou lançá-la nas chamas, mas suas próprias mãos, tomadas por algum instinto primitivo, não o deixaram fazer isso. Assim Saunders o encontrou, pálido e hesitante, com os dedos cravados na mão alheia.

– Peguei-a, afinal! – exclamou, em tom de vitória.

– Meu Deus! Deixa eu dar uma olhada nela.

– Não enquanto estiver solta. Arranje uma tabuinha, um martelo e alguns pregos.

– Você consegue segurá-la enquanto isso?

– Sim, digamos que ela está... maneta, esgotada depois de estrangular o coitado do papagaio.

– E agora? – perguntou Saunders, ao voltar com os utensílios. – Como vamos fazer?

– Vamos pregá-la aí primeiro, para ela não poder mais fugir. Então, poderemos examiná-la com calma.

– Prega você – disse o amigo. – Não me importo de ajudá-lo com cobaias de vez em quando, já que posso aprender alguma coisa; aliás, porque eu não tenho medo de que as cobaias venham se vingar, mas com essa coisa é muito diferente.

– Santo Deus – gritou Eustace, histérico. – Olha isso!

Sob o prego, a mão se contorcia em um espasmo agonizante, como uma minhoca na ponta de um anzol.

– Bem, está feito – cumprimentou Saunders. – Parabéns! Vou deixar você examiná-la.

– Não vá, pelo amor de Deus! Cubra essa coisa, homem! Cubra-a. Arranje um pedaço de pano para jogarmos em cima dela... Aqui – disse, arrancando o forro da parte de trás de uma cadeira, com a qual enrolou a tábua. – Agora pegue as chaves no meu bolso e abra o cofre. Tire as outras coisas de dentro. Oh, meu Deus! Ela não para de se mexer. Abra o cofre!

Eustace jogou a coisa lá dentro e bateu a porta.

– Vamos deixá-la aí dentro até morrer – determinou. – Quero arder no inferno se abrir esse cofre algum dia!

Mrs. Merrit foi embora no final do mês. Sua sucessora, Mrs. Handyside certamente foi mais bem-sucedida do que ela no trato com os criados. Desde o começo, declarou que não queria ouvir disparates e que conversa fiada, com ela, não tinha vez. Despreocupado, Saunders refletia em voz alta no seu quarto:

– Não ficaria surpreso se Eustace se casasse um dia desses. Prefiro que não aconteça logo, mas eu o controlo tanto que dificilmente uma futura Mrs. Borlsover vai gostar de mim. Vai ser a velha história: uma longa amizade lentamente construída, um casamento e uma longa amizade rapidamente esquecida...

Mas Eustace não escutou o conselho de seu tio e não se casou. Seus velhos hábitos não lhe consentiam uma nova experiência. Contudo, andava menos apático e mostrava uma grande inclinação de desempenhar seu papel de destaque na sociedade local. Então, aconteceu o assalto...

Os ladrões, dizia-se, entraram na mansão pela estufa. Foi menos do que um assalto, na verdade, pois só conseguiram levar algumas peças de prata da despensa. O cofre no estúdio foi encontrado arrombado e vazio, mas, como Mr. Borlsover informou ao inspetor de polícia, não se guardava nada de valor ali há muito tempo.

– Então o senhor deu a sorte de ter um prejuízo mínimo – replicou o policial. – Pelo jeito de entrarem na casa, acredito tratar-se de ladrões experientes. Alguma coisa deve tê-los assustado e fugiram sem levar muita coisa.

– É, acho que dei sorte – concordou Eustace, reticente.

– Não tenha dúvida – prosseguiu o inspetor – que havemos de colocar nossas mãos nesses mãos-leves. Bandidos experientes, posso afirmar pelo modo como abriram o cofre, mas uma coisa me intriga. Um deles certamente usou luvas, mas o outro deixou impressões digitais por toda parte. Fico me perguntando por quê. Há marcas bem nítidas de dedos em todo canto, sim senhor!

– Mão direita, esquerda ou as duas? – quis saber o dono da casa, perturbado:

– Só da mão direita – informou o policial. – Isso é que é esquisito... E deve ser um tipo danado, pois creio que foi ele quem escreveu isso (tirou um pedaço de papel do bolso). Veja: "Dei uma saída, Eustace Borlsover, mas volto logo". Deve ser alguém recém fugido da cadeia, suponho. Não vai ser difícil encontrá-lo. O senhor conhece essa letra?

– N-não – gaguejou o outro. – Não é a letra de ninguém que eu conheça.

Na hora do almoço, Eustace falou para Saunders:

– Não queria me afastar daqui pelos próximos seis meses, mas não gostaria de correr o risco de ver essa coisa de novo. Vou para Londres hoje mesmo. Mande Morton empacotar minhas coisas e venha me encontrar com o carro em Brighton depois de amanhã. Traga os rascunhos daquele ensaio que estou escrevendo com você. Vamos cuidar dele juntos.

– Por quanto tempo você pretende se ausentar?

– Não sei ao certo, mas prepare-se para demorar bastante. Trabalhamos muito nesses últimos tempos e precisamos de férias. Vou alugar acomodações em Brighton e mando um telegrama dizendo onde me encontrar. Talvez seja melhor você fazer a viagem em dois dias, parando em Hitchin...

Eustace Borlsover alugou quartos em um albergue em Brighton no qual já havia ficado antes. O lugar pertencia a um antigo colega de faculdade, homem muito discreto, que o administrava na companhia de um excelente cozinheiro. O apartamento ficava no primeiro andar. Havia quartos de dormir separados ao fundo.

– Saunders fica com o dormitório menor, embora seja o único que tem lareira – refletiu em voz alta. – Eu fico com o maior, que tem banheiro. A que horas será que esse homem vai chegar com o carro?

Seu amigo chegou por volta das sete, sujo e morrendo de frio.

– Vamos acender a lareira da sala de jantar – sugeriu Eustace. – E peça a Prince para desempacotar nossas coisas enquanto jantamos. Como estava a estrada?

– Péssima! Lama para todo lado e um vento gelado o dia inteiro. Em pleno verão! Velha e querida Inglaterra!

– Muito bem – concordou Eustace –, mas acho que vamos deixar a velha e querida Inglaterra por alguns meses.

Saíram para jantar e voltaram pouco depois da meia-noite.

– Você não pode ter passado muito frio, Saunders – argumentou Eustace –, tendo à sua disposição um par de luvas estofadas como esse. Você se trata bem, hein, meu caro? Que luvas! Alguém pode passar frio com luvas assim?

– Mas não servem para dirigir. Experimente uma delas – respondeu Saunders, lançando o par de luvas sobre a cama de Eustace e continuando a desempacotar sua bagagem.

Um minuto depois, ouviu-se um grito de terror.

– Oh, meu Deus! A coisa está na luva! Rápido, Saunders, rápido!

O amigo ouviu um baque surdo no chão. Eustace tinha jogado a luva para longe.

– Está no banheiro – informou. – Joguei longe e caiu no banheiro. Venha já aqui, se quiser ser de alguma utilidade.

Com uma vela acesa, Saunders olhou pela porta do banheiro. Lá estava a mão, escura e mumificada, com um buraco no meio, que rastejava e tentava subir pelo lado da banheira, mas escorregando e caindo no chão.

– Espere aí – calculou Saunders. – Vou pegar uma caixa vazia e jogar em cima dela. Não vai dar tempo de escapar.

– Dá, sim! – gritou Eustace. – Já está escapando. Está subindo pelo cano. Ah, coisa maldita! Desgraçada, você não pode escapar! Rápido, Saunders! Ela está indo embora. Não consigo segurá-la. É tudo tão escorregadio! Feche a janela, seu idiota. Escapou!

Escutou-se alguma coisa caindo no chão lá embaixo e Eustace caiu para o outro lado, desmaiado.

O herdeiro de Adrian Borlsover ficou doente por duas semanas.

– Não sei o que dizer – segredou o médico a Saunders. – Só posso supor que Mr. Borlsover sofreu um grande transtorno emocional. Posso mandar uma enfermeira para ajudá-lo a cuidar dele? E seja indulgente com esse capricho dele de não querer ficar no escuro. Deixe uma luz acesa à noite. Mas nosso paciente também precisa de ar fresco. É um absurdo vocês manterem a janela fechada assim.

Somente Saunders continuou a cuidar do doente.

– Não quero mais ninguém – Eustace insistiu. – Vão acabar encontrando a coisa...

– Não se preocupe, meu velho. Isso não pode durar indefinidamente. Você sabe que eu a vejo de vez em quando. Ela já não me parece tão ativa. Não deve viver mais muito tempo, principalmente depois da queda. E assim que você estiver mais forte, vamos sair daqui... Sem malas, sem bagagem, só com a roupa do corpo, de modo que ela não terá lugar para se esconder. Vamos escapar assim. Não daremos nosso endereço. Não precisamos que ninguém nos mande nada. Ânimo, Eustace! Você estará bem em um dia ou dois. O médico disse que podemos partir depois de amanhã.

– O que foi que eu fiz? – perguntava-se Eustace. – Por que essa coisa veio atrás de mim? Não sou pior do que ninguém. Não sou pior que você, Saunders. Você sabe que não sou. Foi você quem se meteu naquela enrascada em San Diego, mas isso já faz quinze anos.

– Não é nada disso, Eustace – contra-argumentou Saunders. – Estamos no século XX, nem os padres levam ao pé da letra essa história de castigo por nossos pecados. Antes de você encontrar essa coisa na biblioteca, ela já estava cheia de sua própria maldade – para você e para toda a humanidade. Claro que, depois de você tê-la pregado naquela tábua, ela deve ter se esquecido do resto dos mortais e concentrou seu ódio em você. Além disso, você a manteve no cofre por quase seis meses. É um bom tempo para planejar uma vingança.

Antes de poder deixar o quarto, Eustace aprovou a ideia de Saunders de partirem de Brighton o quanto antes. Rapidamente, ele recuperou suas forças.

– Partiremos a 1º de setembro – decidiu.

O 31 de agosto foi um dia excessivamente quente. Apesar de as janelas ficarem abertas durante o dia, foram fechadas uma ou duas horas antes do pôr do sol. Mrs. Prince, a mulher do dono do albergue, já não se espantava com os estranhos hábitos dos cavalheiros do primeiro andar. Logo depois que ali se hospedaram, exigiram que as cortinas fossem arrancadas de seus quartos, aparentemente porque apreciavam um ambiente austero.

– Mr. Borlsover tem uma terrível alergia e prefere evitar qualquer coisa que possa juntar pó – explicou Saunders, desculpando-se. – Além do mais, ele gosta de claridade em todos os cantos do quarto.

Naquela noite de fim de agosto, porém, perguntou ao amigo:

– Será que não posso abrir a janela nem um pouquinho? Estamos cozinhando aqui!

– Não. Deixe assim mesmo. Não somos duas estudantes de um curso sobre hábitos de higiene! Pegue o tabuleiro de xadrez e vamos jogar.

Jogaram. Às dez horas, Mrs. Prince bateu à porta com uma mensagem.

– Desculpem não ter trazido antes, mas estava na caixa do correio.

– Abra, Saunders, e veja se precisamos responder...

Era um bilhete muito breve. Não tinha nem endereço, nem assinatura.

"Onze da noite é um bom horário para nosso último encontro?"

– Para quem é? – perguntou Borlsover.

– É para mim – respondeu Saunders. – Não precisa de resposta, Mrs. Prince (e guardou o bilhete no bolso, prosseguindo). É uma conta do alfaiate. Deve ter ficado sabendo que vamos partir.

Eustace engoliu a mentira e não fez mais perguntas. Voltaram ao tabuleiro de xadrez. Lá fora, no andar térreo, o relógio de pêndulo informava a passagem dos segundos e batia os quartos de hora.

– Xeque – disse Eustace.

O relógio deu onze horas. No mesmo instante, ouviram-se leves batidas na porta; na sua parte de baixo, aparentemente.

– Quem é? – perguntou Eustace.

Não houve resposta.

– Mrs. Prince, é a senhora?

– Ela está no andar de cima – informou Saunders. – Escutei quando subiu as escadas.

– Pois tranque a porta. Dê duas voltas na chave... Sua vez de jogar!

Enquanto Saunders pensava na próxima jogada, Eustace levantou-se, andou até as janelas e verificou as vidraças. Examinou também o quarto do amigo e o banheiro. Não havia portas entre os três cômodos, caso contrário, as teria trancado também.

– Agora, Saunders – advertiu –, pode parar de pensar no que fazer. Já deu tempo de fumar um cigarro inteiro. Não adianta adiar o inevitável. Você só tem uma jogada a fazer... Sabe qual?

– Acho que a hera do muro está raspando a janela – comentou o outro. – Pronto, joguei.

– Não é a hera, idiota! Tem alguma coisa batendo na janela – acrescentou Eustace, aflito, e correu até a vidraça.

Viu a mão do outro lado.

– O que ela está segurando?

– É um canivete. Está tentando destravar a janela enfiando a lâmina pela fresta.

– Deixe-a tentar – desafiou Eustace. – As janelas estão parafusadas e não podem ser abertas assim. De qualquer modo, vamos fechar as persianas... Sua vez de jogar. Eu joguei.

Mas Saunders já não conseguia mais se concentrar no jogo. Nem sequer conseguia compreender o que se passava com Eustace, que parecia ter perdido todo o medo.

– Que me diz de um copo de vinho? – perguntou. – Você parece bastante tranquilo, mas eu confesso que estou apavorado.

– Não há motivo. Não há nada sobrenatural nessa mão, Saunders. Quer dizer, ela parece governada pelas mesmas leis de tempo e espaço. Não é daquele tipo de coisa que desaparece no ar e atravessa paredes. Sendo assim, duvido que consiga entrar aqui. Amanhã, iremos embora. Eu já ultrapassei os limites do medo. Encha seu copo, homem! As janelas estão cobertas e as portas estão fechadas. Façamos um brinde ao meu tio Adrian. Beba, homem! O que você está esperando?

Saunders o olhava com a taça meio levantada.

– Espera aí! Ela pode entrar – acrescentou. – Esquecemos da lareira no meu quarto. Ela pode entrar pela chaminé.

– Rápido – assentiu Eustace, correndo para o outro quarto. – Não temos um minuto a perder. O que vamos fazer? Já sei: acender o fogo! Me dá um fósforo, rápido.

– Ficaram lá no outro quarto. Vou pegar.

– Rápido, homem, pelo amor de Deus! Olhe na estante, olhe no banheiro. Ora, venha cá e fique aqui. Eu mesmo vou procurar.

– Vá logo – replicou Saunders. – Estou ouvindo um barulho...

– Tente fechar a chaminé com esse lençol! Aqui estão os fósforos! A lenha está pronta?

– Precisamos de álcool... De alguma coisa para o fogo começar...

– Já sei, vamos pegar o óleo daquela lâmpada e o estofo desse travesseiro. Agora, os fósforos. Larga o lençol e pega os fósforos.

Houve uma grande explosão no interior da lareira e as chamas se espalharam. Saunders tinha sido lento demais em largar o lençol, no qual havia caído óleo, e ele também pegou fogo.

– Idiota! Vai pegar fogo em tudo – gritou Eustace, tentando abafar as chamas com um cobertor. – Não, não estou conseguindo. Abra a porta, Saunders, peça ajuda!

Saunders correu para a porta, desviando da fumaça. A fechadura parecia travada.

– Rápido – insistiu Eustace. – Não estou aguentando o calor.

A chave virou, afinal, na fechadura. Por um instante, Saunders parou e olhou para trás. Mais tarde, não sabia dizer o que exatamente tinha visto. Parecia que alguma coisa pequena e negra saía do meio das chamas e avançava sobre Eustace Borlsover. Por um momento, pensou em voltar para o amigo, mas o barulho e o cheiro do fogo o fizeram sair correndo na outra direção, aos gritos:

– Fogo! Fogo!

Correu para o telefone, pensando em ligar para os bombeiros, depois voltou para o banheiro, lembrando que já devia ter pensado nisso: em água! Tarde demais! Ao voltar ao quarto, só pôde perceber, em meio à fumaça, o grito de terror de Eustace e depois o baque de uma queda pesada.

Essa foi a história que ouvi em sucessivas noites de sábado do professor de matemática de uma escola suburbana, pois Saunders precisou arranjar outro modo de ganhar a vida. Eu havia mencionado por acaso o nome de Adrian Borlsover, quando o mestre rapidamente mudou de conversa. Uma semana mais tarde, o professor Saunders começou a me contar a sua própria história, com muita reserva, tentando encobrir não só as suas falhas, mas também as do amigo morto. Estava particularmente relutante ao narrar o fim trágico e foi pouco a pouco que consegui reunir tudo para montar a narrativa das páginas precedentes.

Saunders não tentava extrair nenhuma conclusão. Uma vez, disse acreditar que o monstro de cinco dedos era animado pelo espírito de Sigismund Borlsover, um sinistro ancestral setecentista de Eustace que, segundo uma lenda, havia construído a mansão sobre um antigo templo pagão às margens do lago. Outra vez, dizia que o espírito pertencia a um homem que Eustace empregara como assistente de laboratório, um "tipo moreno e desprezível", disse, "que morreu amaldiçoando seu patrão por motivos mesquinhos, ligados ao dia a dia do trabalho dos dois".

Quanto a provas ou evidências desses fatos, nada havia que corroborasse o testemunho de Saunders. Todas as cartas mencionadas no relato foram destruídas, exceto o último bilhete que Eustace recebeu, ou teria recebido, se Saunders não o interceptasse. Esse, vi pessoalmente. A caligrafia era fina e tremida, como a de um velho. Uma coisa que me espantou na ocasião foi o fato de Saunders guardar o bilhete entre as páginas de sua Bíblia.

Adrian Borlsover, como já disse, vi uma única vez. Saunders, aos poucos, acabei conhecendo bem. Entretanto, por acaso e não por determinação, conheci um terceiro personagem da história: Morton, o mordomo. Saunders e eu estávamos passeando no jardim zoológico num domingo quando ele me chamou a atenção para um velho que estava diante da porta da seção dos répteis.

– Olá, Morton – foi cumprimentá-lo. – Como é que a vida está tratando você?

– Mal, Mr. Saunders – disse o velho companheiro, apesar de se mostrar alegre com o reencontro. – Os invernos estão cada vez mais duros. E parece não haver mais primaveras nem verões.

– Você não achou aquilo que estava procurando, suponho?

– Não, senhor. Mas um dia eu acho. Sempre lembro dos estranhos animais que Mr. Borlsover levava para casa.

– O que ele estava procurando? – perguntei a Saunders, quando nos afastamos do ex-mordomo.

– Um monstro de cinco dedos – meu amigo respondeu. – Como ele estava diante da seção dos répteis, provavelmente um jacaré com uma mão. Na semana que vem vai ser um macaco sem corpo. O pobre Morton quer uma explicação materialista para tudo.

BRAM STOKER

Nascido em Dublin, na Irlanda, em 8 de novembro de 1847, Abraham "Bram" Stoker passou a infância e a juventude na terra natal. Desde cedo interessou-se pelo teatro, o que o levou a entrar para a imprensa, tornando-se crítico teatral do jornal *Dublin Evening Mail*. Os elogios que fez à encenação de "Hamlet", por Henry Irving – o mais célebre ator teatral da Grã-Bretanha de então –, rendeu-lhe uma grande amizade com este, de quem se tornaria secretário e por meio de quem se tornaria gerente do Lyceum Theatre, de Londres. Nele fez sua vida profissional.

Para reforçar seu orçamento, dividia essa atividade profissional com a redação de textos de ficção para o *London Daily Telegraph* (convém lembrar que, nos séculos XVIII e XIX, os jornais publicavam ficção, além do noticiário). Não foi um escritor de grande sucesso e mesmo "Drácula", sua obra-prima, não se tornou de imediato o *best-seller* em que se transformaria a partir de 1922, graças à adaptação cinematográfica que recebeu: "Nosferatu", de W.F. Murnau.

Stoker se casou com Florence Balcombe, mulher de beleza celebrada em sua época, que contava com Oscar Wilde entre seus pretendentes. Após a morte do marido, Balcombe passou a administrar os direitos autorais de sua obra, tendo movido um longo processo contra Murnau pela adaptação não autorizada. Apesar de vitoriosa nos tribunais, não obteve a destruição de todos os negativos do filme, como pretendia, de modo que ainda hoje é possível assisti-lo. É a Balcombe, também, que se deve a publicação de "O convidado de Drácula".

Tendo percebido as potencialidades da obra-prima que escreveu, Stoker a adaptou para o teatro e chegou a encená-la em Londres, embora não conseguisse convencer o amigo Irving a aceitar o papel do protagonista. Vale mencionar que, segundo os biógrafos, o ator teria sido a inspiração de Stoker na composição de seu personagem, devido a sua presença dramática, à postura nobre e à afinidade para os papéis de vilão.

Bram Stoker morreu em 20 de abril de 1912, em decorrência de um derrame cerebral.

SIR GILBERT CAMPBELL

Pouco se sabe da biografia de Gilbert Edward Campbell, terceiro baronete de Carrick Buoy, no condado de Donegal, Irlanda. Serviu às Forças Armadas britânicas, na Índia, sendo membro do 92º Regimento de Highlanders. De volta à Grã-Bretanha, trabalhou como jornalista, escritor e tradutor. Sua tradução de "Os trabalhadores do mar", de Victor Hugo, é considerada a melhor em língua inglesa. Como autor, dedicou-se aos contos de mistério e terror.

Em 1892, foi levado à Corte criminal de Londres, acusado de formação de quadrilha e estelionato. Com outros cinco cúmplices, organizou uma agência literária que subtraía dinheiro de jovens escritores com a promessa, nunca cumprida, de edição e divulgação de suas obras. Ao deixar a prisão, afastou-se definitivamente da vida pública, tendo morrido na obscuridade, supostamente em 1899.

SHERIDAN LE FANU

Joseph Thomas Sheridan Le Fanu nasceu em 28 de agosto de 1814, em Dublin, na Irlanda, que ainda não era independente do Reino Unido. Estudou Direito no Trinity College da Universidade de Dublin, mas logo passou a atuar no jornalismo, que, à época, incluía a publicação de textos de ficção. Seus primeiros textos foram publicados na *Dublin University Magazine*, da qual ele viria a ser editor e proprietário.

Le Fanu casou-se em 1844 com Susanna Bennett, com quem teve quatro filhos. O casal passou por dificuldades financeiras nos primeiros anos. Mais tarde, por volta de 1856, a saúde mental da esposa tornou-se o principal problema da família. Susanna teve frequentes surtos, diagnosticados como "ataques histéricos", e veio a falecer, em circunstâncias não esclarecidas, em 1858. Le Fanu culpava-se pela morte da esposa e sofreu muito com a perda, tendo parado de escrever e publicar até 1861.

Vivia de seus rendimentos como editor, carreira em que foi bem-sucedido, tendo sido proprietário, entre outros veículos, do *Dublin Evening Mail*, que era o maior jornal da cidade, do qual Bram Stoker foi crítico teatral. O jornal é mencionado nos contos de "Dublinenses", de James Joyce. Como escritor, o sucesso de Le Fanu ocorreu em 1864, com a publicação do romance policial *Uncle Sillas*, em Londres.

Sheridan Le Fanu morreu em Dublin, em 7 de fevereiro de 1873. Há uma rua e um parque batizados com seu nome nessa cidade.

M.R. JAMES

Montague Rhodes James nasceu em Goodnestone, condado de Kent, na Inglaterra, em 1 de agosto de 1862. Graduou-se em humanidades no King's College da Universidade de Cambridge, onde se dedicou à vida acadêmica, seja como estudioso, seja como administrador. Por um lado, foi um grande medievalista, cujos trabalhos na área permanecem válidos. Por outro, foi reitor do King's College, bem como da mais tradicional instituição de ensino médio inglesa, o Eton College.

No entanto, desenvolveu uma obra de ficção que em comum com sua vida acadêmica só tinha os cenários e o conhecimento de antiguidades, por meio do qual dava maior realismo a seus contos. Embora sua obra seja pouco conhecida no Brasil, James é autor de grande sucesso junto ao público de língua inglesa e diversos de seus textos foram adaptados para a televisão, tanto na Grã-Bretanha quanto nos Estados Unidos.

W.F. HARVEY

William Fryer Harvey nasceu em 1885 (data exata desconhecida). Formou-se em Medicina na Universidade de Leeds, mas a saúde frágil não lhe permitiu o exercício da profissão. Passou a dedicar-se à literatura, obtendo sucesso com a publicação de seus contos. Durante a Primeira Guerra Mundial, serviu seu país em unidades de pronto-socorro. Foi casado e morou com a mulher na Suíça por muitos anos. Morreu na Inglaterra, em 1937, aos 52 anos. Teria sido completamente esquecido, não fosse a filmagem de "The beast with five fingers", em 1947, contando com Peter Lore no papel principal.